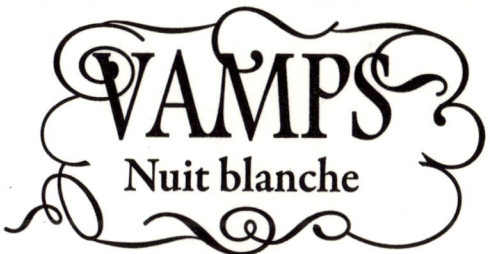

L'auteur

Nancy A. Collins est née en 1959 dans l'Arkansas. Elle est particulièrement connue pour ses livres d'horreur ou de vampires. En 1990, elle a remporté le prix Bram Stoker premier roman.

Nancy A. Collins

*Traduit de l'anglais (États-Unis)
par Christine Bouchareine*

POCKET JEUNESSE

Titre original :
Vamps – Nightlife

Loi n° 49 956 du 16 juillet 1949 sur les publications
destinées à la jeunesse : avril 2011

First published in 2009 by HarperCollins Children's Books,
a division of HarperCollins Publishers
Copyright © 2009 by Nancy A. Collins
© 2011, éditions Pocket Jeunesse, département d'Univers Poche,
pour la traduction française

ISBN : 978-2-266-19660-4

À la mémoire de ma tante Emily
1930-2006

Car le démon a le pouvoir de revêtir une forme séduisante.
Shakespeare, *Hamlet*, acte II, scène 2

Chapitre 1

Avec ses larges espaces aérés, Bergdorf Goodman affichait une distinction et un raffinement bien éloignés du fouillis des boutiques branchées et des friperies que fréquentait habituellement Cally Mount. En fait, elle aurait pu se croire dans un musée si elle n'avait pas été entourée de mannequins vêtus de robes sublissimes.

Accompagnée de ses nouvelles amies de Bathory, elle cherchait une tenue pour le grand bal de la Nuit des Ténèbres. Tout en bavardant, elle repérait les textures, les lignes, les formes et les couleurs haute couture avec l'espoir de reproduire certains modèles avec sa machine à coudre.

— Oh, et celle-là ? demanda-t-elle en brandissant une robe sans manches en jersey noir avec un haut drapé et un profond décolleté en V.

Bella Maledetto fronça les sourcils.

— Elle est très classe… un peu déshabillée, peut-être ?
— Justement ! intervint Melinda Sarcasse, une brune piquante, qui, avec sa peau café au lait et ses yeux de jade, était la plus typée des trois. Tout l'intérêt de cette soirée, c'est de montrer qu'on est bien foutues.
— C'est pas mon genre, murmura Bella.

Cally leva les yeux au ciel. Bella n'avait aucun goût et Bette, sa jumelle, ne valait pas mieux, vu qu'elles s'habillaient pareil. Elle n'avait rien contre le style manga… mais à dose homéopathique. On ne les distinguait l'une de l'autre que par leurs rubans : bleu pour Bella, rouge pour Bette. Heureusement que, conscientes de leurs limites, elles avaient demandé à Cally et à Melinda de les conseiller !

Cally se rabattit sur l'autre jumelle.

— Et toi, comment tu la trouves, Bette ?
— Super sexy ! affirma celle-ci qui, étant née dix minutes avant sa sœur, se considérait comme beaucoup plus mature.
— Il faut que tu te choisisses une tenue, Bella, insista Melinda. N'oublie pas que le bal a lieu la semaine prochaine.

Cally se tourna vers elle.

— Et toi, Melinda ? Tu as la tienne ?
— On vient de me prévenir qu'elle était prête. Tu veux la voir ?
— Et nous ? s'exclamèrent Bella et Bette à l'unisson.

— Retournez plutôt au rayon Vera Wang, suggéra Cally tandis que Melinda l'entraînait vers l'atelier. On en a pour cinq minutes.

— Alors, qu'en penses-tu ? demanda Melinda quand la retoucheuse débarrassa la robe de sa housse.
— Elle est fabuleuse !

Cally profita de ce que son amie parlait avec l'employée pour retourner l'étiquette et écarquilla les yeux en apercevant le nombre de chiffres avant la virgule. La robe de bal coûtait l'équivalent de trois mensualités de l'appartement qu'elle occupait avec sa mère à Williamsburg.

— Souhaitez-vous la passer dans notre salon d'essayage pour vérifier que toutes les retouches ont bien été faites ? proposa l'employée.

Melinda sortit de son sac en croco une carte de visite de son père et la lui tendit.

— Ce ne sera pas nécessaire. Notre couturière pourra s'en occuper au cas où. Faites-la livrer à cette adresse.

— Tout de suite, mademoiselle Sarcasse.

Tandis qu'elles rejoignaient les jumelles, Melinda posa la question que Cally redoutait tant.

— Et toi, que vas-tu porter pour le bal des Ténèbres ?

Cally hésitait à lui avouer qu'elle n'était pas invitée. C'était si agréable de se sentir sur un pied d'égalité ! Elle ne voulait pas gâcher ce moment ni mettre Melinda mal à l'aise en lui révélant le gouffre qui les séparait socialement.

— J'ai choisi une jeune créatrice, dit-elle d'un ton détaché.

Elles aperçurent les jumelles qui passaient en revue les robes Vera Wang.

— Vous avez repéré un modèle qui vous plaît? demanda Cally.

— Moi oui, s'exclama fièrement Bette.

Cally admira d'un œil expert le profond décolleté en V et la taille rehaussée de ruchés.

— Succès garanti! la félicita-t-elle. Et toi, Bella? Qu'en penses-tu?

— Trop provocant.

— Tu sais, vous n'êtes pas forcées de porter la même robe, ce serait d'ailleurs une grave faute de goût.

— Mais on s'habille toujours pareil, protesta Bella. On est jumelles!

— Ce qui ne vous rend pas identiques.

Bella hocha la tête.

— Elle adore Johnny Depp, moi je préfère Orlando Bloom.

— Tu vois! Vous avez beau vous ressembler comme deux gouttes d'eau, vous avez deux personnalités différentes. Et il est temps que les autres s'en rendent compte.

— Et si tu choisissais une robe du même créateur que Bette? proposa Melinda. Vous auriez chacune votre style tout en restant dans le même ton.

— Je sais laquelle ! s'écria Bella avec un sourire radieux. Bougez pas, je vais la chercher.

Stupéfaite, Melinda la regarda s'éloigner.

— Ça fait des semaines que j'essaie de lui faire comprendre ce qu'est l'élégance et toi tu y arrives en deux temps, trois mouvements !

Bella revint avec une robe en satin noir sans manches, à encolure froncée et jupe évasée.

— Oh, elle est très jolie, dit Cally.

— Et devine ce qui irait parfaitement avec ? enchaîna Melinda, l'œil brillant. Les superbes talons à brides soldés à l'étage en dessous ! Oh, oh ! murmura-t-elle soudain, tout sourire effacé. Alerte rouge, ennemie en vue !

— Où ça ? s'enquirent les jumelles tandis que leurs têtes pivotaient à l'unisson comme des antennes radar.

Melinda tendit le menton vers l'escalator.

— Là-bas !

Cally, l'estomac noué, reconnut Lilith Todd, l'élève la plus enviée et la plus crainte de l'Académie Bathory. Rien de tel pour gâcher un après-midi de shopping que de tomber sur quelqu'un qui a tenté de vous assassiner.

À l'inverse de l'école qu'elles fréquentaient, Bergdorf n'était pas officiellement une zone de non-représailles*.

---

* Les mots suivis d'un astérisque sont expliqués dans le lexique, p. 207.

Cependant, comme le Synode* n'appréciait pas qu'on se livre à des actes de vendetta* en public, cela suffisait en temps normal pour empêcher tout débordement. Sauf qu'avec une fille aussi agressive et caractérielle que Lilith Todd, on pouvait craindre le pire.

— Qu'est-ce qu'on fait ? chuchotèrent les jumelles, affolées.

Leur père étant l'ennemi juré du père de Lilith, l'apparition inattendue de celle-ci les inquiétait, elles aussi.

— Pas de panique ! tenta de les rassurer Cally. On a l'avantage du nombre.

Melinda scruta le magasin.

— Elle n'est pas du genre à faire du shopping seule, marmonna-t-elle. C'est pareil avec les cobras. Quand on en voit un, les autres ne sont pas loin...

Comme pour lui donner raison, la flamboyante Carmen Duivel apparut, suivie d'une grande sauterelle aux longs cheveux blonds relevés en chignon et d'une petite brune pulpeuse au visage ovale encadré d'un carré aux oreilles.

— C'est qui, celles-là ?

— L'asperge, Armida Aitken, et le nabot, Lula Lumley, expliqua Melinda à voix basse. Elles descendent de vieilles familles de Sang-de-Race* plus ou moins fauchées ! Mais vous connaissez Lilith, elle a toujours besoin d'une cour.

— On ferait mieux de filer, murmura Bella.

Cally secoua la tête.

— Nous avons autant le droit qu'elles d'être ici ! Je ne vais pas m'enfuir parce que Lilith et sa bande viennent de débarquer.

— Tiens, tiens, tiens ! s'exclama alors Lilith d'une voix assez forte pour que plusieurs clients se retournent. La bande des trois... Mount, Sarcasse et Maledetto.

— Ce serait pas plutôt la bande des quatre ? minauda Armida Aitken. Il y a deux Maledetto...

— Elles ne comptent que pour un ! la coupa Lilith, furieuse que sa plaisanterie tombe à plat.

Ne pouvant plus s'éclipser sous peine de passer pour des dégonflées, Melinda et les jumelles se placèrent derrière Cally.

— Je ne savais pas qu'on laissait rentrer la racaille à Bergdorf, poursuivit Lilith en toisant Cally.

— Faut croire que si, à voir le ramassis de minables que j'ai devant moi !

— Fais attention à ce que tu dis, Mount !

Carmen s'approcha d'un air menaçant, puis elle se figea lorsqu'elle aperçut Melinda.

— On n'est pas à l'école, ricana Lilith. Ne compte pas sur les profs pour te défendre, Sang-Neuf* !

— C'est drôle, j'allais te dire exactement la même chose !

Lilith plissa les yeux. On ne voyait plus qu'un éclat de glace bleu.

— T'as pas plus ta place ici qu'à Bathory ! Nous

n'avons pas l'intention de partager notre territoire avec une clique de paumées, n'est-ce pas, les filles?

— Bergdorf est à nous! clama Carmen d'un ton hautain. Cassez-vous avant que ça dégénère!

— Gardez votre numéro de Reines des Damnés pour les intellos que vous persécutez en classe. Vous ne nous faites pas peur. Cela étant, j'aimerais bien savoir comment les petites princesses vampires d'Amérique espèrent nous terroriser? En faisant pipi sur les tapis du rayon chaussures pour marquer leur territoire? Autant vous prévenir, il en faut plus pour m'effrayer.

Sur ces mots, Cally tendit la main vers un mannequin vêtu d'un pull en cachemire. Un arc électrique bleu jaillit du bout de son index et laissa une brûlure de la taille d'une pièce de dix cents sur le vêtement.

Armida et Lula poussèrent un cri et échangèrent un regard anxieux. Carmen recula d'un pas.

Cally passa devant elles.

— J'adorerais prolonger cette passionnante conversation, mais on a prévu d'aller voir les chaussures.

Elle attendit d'arriver à l'escalator pour relâcher sa respiration.

— Que les Fondateurs* fassent que ça s'arrête là!

— Tu as été formidable! la félicitèrent les jumelles d'une seule voix.

— Je n'avais encore jamais vu quelqu'un remettre

Lilith à sa place aussi brillamment, renchérit Melinda. Et elle non plus !

— À ton avis, c'est parce qu'elle me croit responsable de la mort de sa meilleure amie qu'elle m'en veut ? Comment s'appelait-elle, déjà ?

— Tanith Graves. Non, je ne pense pas. D'ailleurs, elles n'étaient pas si proches que ça. Je crois plutôt que tu lui fais peur.

— Qui, moi ?

— Tu peux déclencher la foudre d'un claquement de doigts ! soupira Melinda. Je ne connais personne de notre âge qui en soit capable. Bien sûr qu'elle a la trouille !

Cally jeta un regard angoissé derrière elle.

— Je sens qu'il y a autre chose, Melinda. Mais quoi ? Je n'en ai pas la moindre idée…

— Quel culot, ces nanas ! fulmina Carmen. Melinda savait qu'on devait venir. Je parie qu'elle les a amenées ici exprès !

— T'as raison, acquiesça Lilith. Tu imagines, des filles aussi vulgaires dans un endroit pareil ! Elles ne respectent donc rien ?

Si Lilith avait dû dresser la liste des choses qu'elle détestait, celle-ci aurait été longue – aller en cours, partager, s'entendre répondre non… Elle ne supportait pas sa mère, les gens laids, pauvres, les intellos… Et plus que tout le reste réuni, elle haïssait Cally Mount !

En observant sa demi-sœur* et ennemie jurée descendre l'escalator avec sa troupe de minables, Lilith comprit pourquoi son père n'avait toujours pas dit la vérité à sa fille illégitime. Elles avaient été élevées toutes les deux dans l'obscurité, comme des champignons, tandis qu'on leur farcissait le crâne d'un tas de sornettes. Tiens, à la réflexion, elle avait un nouvel élément à ajouter en haut du hit-parade de ce qu'elle exécrait : son cher vieux papa.

Elle qui avait espéré que le shopping lui ferait oublier ses problèmes, c'était raté ! Bien que la découverte de la véritable identité de Cally l'ait plus que secouée, elle n'avait osé en parler à personne, pas même à Jules. Elle craignait trop de dévoiler combien cette révélation l'avait affectée. Au moindre signe de faiblesse de sa part, ses prétendues amies fondraient sur elle comme des chacals sur un lion blessé. Et sa nouvelle grande amie Carmen Duivel en tête.

Carmen avait commencé à manœuvrer pour devenir sa confidente et son premier lieutenant bien avant la mort de Tanith. Lilith ne pouvait plus faire un geste sans que la rouquine l'assaille de questions : Qu'est-ce que tu fais ? Où tu vas ? Est-ce que Jules t'accompagne ? Elle la trouvait aussi irritante qu'un string en toile de jute et presque aussi collante. N'empêche qu'elle devait conserver son cercle d'admiratrices ; depuis la disparition de Tanith et le passage de Melinda à l'ennemi, Carmen était l'ultime rescapée de sa bande initiale. Et comme il fallait plus de deux personnes pour former une bande, elle avait décidé de « donner une chance » à Armida Aitken et à Lula Lumley d'être à la hauteur, ce qui n'était pas gagné.

— On va finir par être en retard si on ne se presse pas, marmonna Carmen. Il paraît que Gala ne passe qu'au début du défilé. Je ne voudrais pas la manquer !

Elles se dirigèrent vers le salon réservé à la présentation de mode.

Il y avait déjà une vingtaine de clientes triées sur le volet : des femmes du monde ainsi que des épouses et des filles de riches New-Yorkais qui bavardaient tout en buvant des cocktails et en examinant les portants préparés à leur intention.

Lilith regarda le buffet et s'efforça de cacher sa répulsion. La simple vue de ce que les caillots* appelaient de la nourriture lui soulevait le cœur. Comment pouvaient-ils avaler de telles horreurs ?

Le directeur du magasin leva les mains pour réclamer le silence.

— Mesdames, Bergdorf Goodman est ravi de vous accueillir afin de vous présenter un nouveau créateur. Comme nul ne saurait mieux vous parler de sa prochaine collection, je laisse la parole sans attendre au directeur général de Maison d'Ombres en Amérique du Nord.

Un beau jeune homme à l'allure sportive s'avança. Carmen donna un coup de coude à Lilith.

— À côté de lui, Oliver fait figure de livreur de pizzas.

— C'est vrai qu'il est canon, mais Jules est plus sexy.

— Attends, Jules est carrément à tomber raide!

— Qu'est-ce que tu veux dire? demanda Lilith, les yeux plissés.

— Rien. C'était juste une façon de parler!

Loin de se douter qu'il était le centre d'une discussion aussi animée, l'adonis sourit à l'assemblée.

— Mesdames, mesdemoiselles, permettez-moi de vous présenter l'égérie de Maison d'Ombres, l'incomparable Gala!

De derrière un panneau surgit une jeune femme d'une beauté à couper le souffle: de hautes pommettes rondes, des lèvres boudeuses à souhait, des yeux aigue-marine et des cheveux qui nappaient ses épaules comme du caramel. Avec ses longues jambes galbées et son bronzage de surfeuse, elle semblait débarquer de Malibu. Elle était vêtue d'un chemisier à collerette et d'une jupe sombre avec un gros nœud à la taille, portés sous un trench pied-de-poule aux manches roulées.

Un photographe barbu et baraqué se mit à la mitrailler, sous les «Ah!» et les «Oh!» de l'assistance émerveillée.

Aussitôt, Lilith et ses amies se sentirent mal à l'aise. Bien qu'elles aient encore quelques années devant elles avant de perdre leur reflet, elles avaient été élevées dans la crainte des miroirs et des appareils photographiques.

Le barbu virevoltait autour de Gala comme un satellite. Soudain, Lilith reconnut l'homme qui l'avait abordée chez Dolce & Gabbana quinze jours plus tôt.

— C'est qui, ce paparazzi ? s'enquit Lula.

— Arrête, c'est Kristof! répondit Carmen.

— Tu le connais ? s'étonna Lilith d'un ton qui se voulait indifférent.

— Pas personnellement, mais c'est le photographe attitré d'Iman, de Kate Moss et de Kurkova. Et il couvre le lancement de Maison d'Ombres. Au fait, que penses-tu de leurs vêtements ?

Lilith survola les portants du regard. Même si chaque pièce était parfaitement soignée, la collection manquait d'originalité. Elle haussa les épaules.

— Peut mieux faire! À propos, je vous ai dit que c'est à moi que reviendra l'honneur d'ouvrir le bal de la Nuit des Ténèbres ?

Armida soupira.

— Plusieurs fois.

— Alors vous comprenez qu'il me faut une robe digne de cette importante responsabilité!

Tout en parlant, Lilith remarqua que des filles se précipitaient vers le mannequin pour lui demander des autographes et repartaient en serrant ceux-ci contre leur cœur.

— Il paraît que Gala a signé un contrat d'un million de dollars avec Maison d'Ombres pour les représenter officiellement l'an prochain, chuchota Lula. Elle passera dans *Elle*, *Vanity Fair*, *Vogue*, ce genre de magazines.

— Un million de dollars, répéta Lilith. Et elle a quel âge, à ton avis ?

— Dix-sept, dix-huit ans.

— Et tu la trouves plus jolie que moi ?

— Euh...

Lula regarda autour d'elle, hésitante.

— Certainement pas ! protesta Carmen, profitant de la gaffe de sa copine pour se mettre en avant. Tu es beaucoup plus jolie ! La plupart des mannequins vendraient leur âme au diable pour avoir ton look !

Tandis que Kristof continuait à mitrailler Gala, Lilith songea qu'elle devait sa richesse et sa popularité à son père et non à elle. Elle était semblable à la lune, cet astre sans lumière qui se borne à refléter l'éclat du soleil. Jusqu'à présent, elle s'était contentée de rester dans l'orbite de son père et de se faire l'écho de sa gloire. Mais maintenant qu'elle savait ne pas être sa fille unique, son avenir lui paraissait plus incertain.

Peut-être était-il temps qu'elle commence à briller par elle-même.

Chapitre 2

Le Repos Éternel, l'un des derniers cimetières privés de Williamsburg, abritait derrière ses vieux murs en brique et sous ses allées ombragées un havre de tranquillité. La nuit, le portail en fer forgé le protégeait de ceux qui risquaient de profaner la quiétude de ses pensionnaires. Il n'était pas désert pour autant, car, depuis quelques semaines, il recevait la visite fréquente d'un couple d'amoureux qui fuyait les regards indiscrets.

Cally s'avança entre les tombes et inspira avec délices l'odeur de feuilles mortes. Elle jeta un coup d'œil au sac de Bergdorf Goodman qui contenait un ensemble string et soutien-gorge La Perla de trois cent cinquante dollars. Elle l'avait payé cash. Et à voir la tête de Melinda et des jumelles quand elle avait sorti sa liasse de billets de dix et vingt dollars, c'était clair qu'elles n'avaient jamais réglé un seul achat autrement qu'avec une carte de crédit.

Malgré leur différence de niveau de vie, Cally aimait beaucoup Melinda et les jumelles. Et elles semblaient sincèrement l'apprécier, elles aussi. Elle s'en voulait d'autant plus d'avoir passé la journée à leur jouer la comédie.

Mais, le plus grave, c'était de leur cacher son secret : son petit ami était un chasseur de vampires. Et pas n'importe lequel, puisqu'il s'agissait d'un authentique Van Helsing*.

Oui, tomber amoureuse d'un garçon dont la famille vouait son existence à rayer votre espèce de la surface de la terre dépassait tous les clichés. Et en plus, c'était malsain ! Pourtant, dès l'instant où elle avait aperçu Peter dans le métro, elle avait ressenti quelque chose de très fort entre eux. Ce lien était aussi indéniable qu'interdit. Et réciproque, aussi : Peter avait éprouvé une égale attirance. Ne l'avait-il pas traquée pour lui avouer ses sentiments ? On aurait dit qu'ils avaient des aimants dans le cœur qui les ramenaient inlassablement l'un vers l'autre, malgré tous leurs efforts pour résister. Et qu'il s'agisse de destin, d'amour, de désir ou de hasard, Cally ne pouvait s'y soustraire.

Étant à demi humaine et à demi vampire, elle avait toujours vécu déchirée entre les deux univers, sans appartenir ni à l'un ni à l'autre, sans jamais pouvoir afficher qui elle était vraiment. Avec Peter, elle n'avait plus besoin de jouer la comédie. Quand ils étaient ensemble, elle se sentait enfin libre. Elle pouvait lui parler de toutes sortes de sujets qu'elle n'avait jamais osé aborder, comme les questions qu'elle se posait sur l'identité de son père, ou les sentiments contradictoires qu'elle éprouvait envers sa mère. Avec lui, tout ce qui l'oppressait semblait s'envoler.

Au début, ils espaçaient leurs rencontres. À présent, ils se voyaient chaque jour, au mépris du danger qu'ils couraient s'ils se faisaient surprendre ensemble.

Cally s'approcha de l'aubépine qui ombrageait la tombe de ses grands-parents. Elle aperçut une couverture écossaise étalée à son pied et, posé dessus, un panier en osier. Elle s'arrêta et regarda autour d'elle. Peter surgit brusquement de derrière un monument voisin. De deux ans son aîné, il avait des cheveux auburn en bataille et de grands yeux marron.

Il lui adressa un sourire penaud.

— J'ai pensé que ce serait sympa de pique-niquer pendant qu'il fait encore beau.

— Il ne fallait pas… mais, mais, c'est une excellente idée ! répondit-elle en lui jetant les bras autour du cou.

— Que veux-tu, je suis un incorrigible sentimental !

Ils s'assirent sur la couverture. Cally souleva le couvercle du panier.

— Alors, qu'est-ce que tu nous as apporté de bon ?

— Oh, un petit peu de tout… Une demi-bouteille de mousseux, des biscuits, des truffes au chocolat…

— Et ça, c'est quoi ? demanda-t-elle en montrant une thermos. Du café ?

— Non. Ouvre-la, c'est pour toi.

Elle dévissa le bouchon et l'odeur la renseigna aussitôt sur son contenu.

— Peter, où as-tu déniché ça ? s'enquit-elle dans un souffle.

— À l'infirmerie de l'Institut.

Elle revissa le bouchon.

— Tu crois que c'est prudent ?

— Qui le remarquera ? J'ai modifié l'inventaire sur l'ordinateur du Dr Willoughby. Il ne s'apercevra jamais qu'il lui manque une dose de sang.

Il lui prit la nuque et l'embrassa en enfouissant les doigts dans ses cheveux courts. Au bout d'un long moment, ils s'écartèrent l'un de l'autre et se regardèrent dans les yeux.

— Tu es si belle, Cally ! J'aimerais tant te présenter au reste du monde. Je connais un petit restaurant italien où un chanteur d'opéra s'accompagne d'un accordéon comme dans *La Belle et le Clochard*. C'est un peu ringard, mais si romantique !

— Ce serait merveilleux, Peter ! Sauf que je ne pourrai jamais avaler la moindre bouchée, où qu'on aille. Bien sûr, je pourrais faire semblant, comme on nous l'a appris à l'école. Il me suffirait de pousser la nourriture autour de l'assiette et, discrètement, de la faire tomber dans ma serviette. En tout cas, je n'ai pas pique-niqué depuis l'époque où ma grand-mère avait encore son chalet dans les Catskills. Je pouvais encore manger des aliments solides, en ce temps-là, conclut-elle en lui tendant un verre de vin.

Il prit le paquet de truffes.

— Tu ne veux pas les goûter ?

— Non, ça me rendrait malade. Je suis condamnée au régime liquide jusqu'à la fin de mes jours. Portons plutôt un toast... À nous deux !

— À nous deux !

Il fit tinter le bord de son verre contre le sien et détourna précipitamment les yeux quand elle but le sang.

— Comment s'est passée ta journée ?

— Super bien ! J'ai fait du shopping, je t'épargne donc les détails.

— Merci. Et tu n'as pas croisé de jeune et beau vampire ?

— Qu'est-ce que tu crois ? Les vampires ne sont pas très différents des humains ! Tiens, au fait, j'ai eu un accrochage avec Lilith Todd.

Peter se raidit.

— La fille de Victor Todd ?

— Tu le connais ?

— Je connais au moins de nom tous les chefs des grandes familles de Sang-de-Race. À commencer par les Todd.

— Je t'ai dit que Lilith avait tenté de me tuer à l'école ?

— Ça ne m'étonne pas. Les Todd ont un mauvais fond. Je suis bien placé pour le savoir : c'est Victor qui a assassiné mon grand-père Leland.

Cally posa la main sur le bras de Peter.

— Oh, Peter, je suis désolée ! murmura-t-elle.

— Et sous les yeux de mon père. Il avait à peu près mon âge quand c'est arrivé. Si ta grand-mère Sina n'avait pas été là, Victor l'aurait également tué. En quelque sorte, c'est grâce à elle si je suis venu au monde.

Cally secoua la tête d'incrédulité.

— C'est tellement bizarre ! Je n'arrive pas à me faire à l'idée que ma grand-mère chassait les vampires.

— Pourtant, le fait qu'elle était une sorcière ne t'a jamais choquée !

— Parce que je l'ai toujours su ! On ne me l'a pas caché. Et comme j'étais moi-même à moitié vampire, le fait ne m'a pas paru extraordinaire.

Il y eut un long silence. Cally jeta soudain un regard angoissé à Peter.

— Ton père me cherche toujours ?

— Rassure-toi, il ne sait pas où tu habites.

— Tu as bien réussi à remonter ma piste, toi ?

— J'ai aussitôt modifié les fichiers qui te concernent dans la base de données. Désormais, d'après le registre des cimetières de l'État de New York, tes grands-parents sont enterrés à Woodlawn, dans le Bronx. Tu n'as aucune raison de t'inquiéter, je te le promets, ajouta-t-il en lui pressant la main.

— Pourquoi tient-il tant à me capturer?

Peter secoua la tête.

— Ce n'est pas parce que je suis son fils qu'il me dévoile ses plans.

Cally leva les yeux au ciel.

— Je connais, soupira-t-elle.

Elle se blottit contre lui et savoura la chaleur de son corps contre le sien.

— Peter, tu crois qu'il y a une place pour nous dans ce monde?

Il lui caressa les cheveux.

— Forcément! Pourquoi se serait-on rencontrés s'il n'y avait aucun espoir de bonheur entre nous? La vie ne peut pas être aussi cruelle. Un jour on ira vivre tous les deux sur une île paradisiaque où nul ne saura qu'il existe des vampires et des chasseurs de vampires. On fera l'amour toutes les nuits sur la plage. Qu'est-ce que tu en dis?

— Tu me fais rêver!

Elle appuya sa tête au creux de son épaule et s'imagina avec lui sur un sable d'une blancheur étincelante, avec la lune qui se reflétait sur l'océan. Elle l'embrassa dans le cou et, sentant son odeur musquée et le goût salé de sa peau sur ses lèvres, elle éprouva une subite bouffée de désir. Bien qu'ils se soient beaucoup rapprochés ces derniers temps, Cally n'avait toujours pas goûté son sang.

Elle avait trop peur de ne plus pouvoir s'arrêter. Et elle ne voulait pas être la première à aborder ce sujet. S'il lui offrait sa gorge en signe d'amour, il serait toujours temps d'y réfléchir. En attendant, pas question de lui mettre la pression ! N'empêche qu'il y avait des moments où il était assis si près d'elle qu'elle sentait le sang courir dans ses veines. Elle pouvait presque l'entendre qui l'appelait, qui la défiait d'en boire une petite gorgée... Quel mal y aurait-il à ça ? Surtout qu'il en avait envie, lui aussi... Elle frissonna et se força à penser à autre chose.

— Un problème ? demanda Peter, loin d'imaginer ce qui lui trottait dans la tête.

— Non, mentit-elle. Je pensais juste à ce que tu m'as dit sur ton grand-père. J'ignorais qu'il existait une telle haine entre les Van Helsing et les Todd. Ça ressemble aux vendettas entre vampires. Tu dois les détester.

— Uniquement ceux qui le méritent.

Quand elle entra dans le hall de son immeuble, Cally aperçut M. Dithers, le président des copropriétaires, qui vidait ses ordures dans le conduit de l'incinérateur. Elle se précipita vers l'ascenseur en priant pour que la cabine soit en bas. Lorsqu'elle appuya sur le bouton, à son grand soulagement, les portes s'ouvrirent instantanément.

— Mademoiselle Mount ! Une seconde, s'il vous plaît !

Cally se retourna. M. Dithers la dévisageait, les yeux énormes derrière ses verres en cul de bouteille.

— Vos voisins du dessus et du dessous se sont de nouveau plaints du volume de votre home cinéma. J'ai déjà adressé deux avertissements à votre mère…

— Je suis au courant, monsieur Dithers. Je le regrette sincèrement. Je n'arrête pas de lui répéter de baisser le son…

— Je ne vous reproche rien, Cally. Je sais que vous faites de votre mieux, mais notre règlement de copropriété prévoit des recours en cas de nuisances sonores. Si cela continue, nous nous verrons forcés de réclamer à votre mère une amende de deux cents dollars à chaque nouvelle plainte.

— Ce ne sera pas la peine d'en arriver là. Je vais régler ce problème, je vous le promets.

— Je l'espère, mademoiselle Mount.

Quand les portes de l'ascenseur s'ouvrirent à son étage, Cally constata avec satisfaction que, pour une fois, on n'entendait pas hurler la télévision depuis le palier. Elle entra. La cuisine américaine avec son coin repas n'était éclairée que par la lueur bleuâtre qui venait du salon.

— Maman ? J'ai encore croisé M. Dithers ! annonça-t-elle en jetant son sac sur le comptoir de la cuisine.

Sa mère, assise sur une méridienne en velours rouge, fixait l'écran plasma accroché au mur du salon. Lorsqu'elle pénétra dans la pièce, Cally comprit pourquoi tout était si bizarrement silencieux. Sa mère regardait le *Nosferatu* de Murnau, chef-d'œuvre du cinéma fantastique.

— Maman ? Tu m'as entendue ? Il faut qu'on parle.

— Tu ne crois pas si bien dire ! explosa Sheila Mount en lui lançant un regard furieux. Je pourrais savoir d'où tu viens à une heure pareille ? Tu as un petit copain ?

— Maman, tu as bu. Inutile de discuter quand tu es dans cet état, tu le sais bien.

Sheila se leva à grand-peine et s'avança d'un pas titubant. Elle portait une grande robe flottante noire avec de longues manches moulantes qui lui recouvraient le dessus de la main et lui enserraient les doigts. Cally reconnut aussitôt la robe de Morticia Addams, le déguisement préféré de sa mère quand elle se posait des questions sur leur statut au sein de la communauté vampire. C'était à pleurer de rire.

— Ce n'est pas parce que je dors à l'heure à laquelle tu rentres habituellement que je ne remarque rien ! protesta-t-elle. J'espère que tu ne fréquentes pas cette petite brute de Johnny Muerto ! Je ne te laisserai pas gâcher tes chances de trouver un mari convenable en te compromettant avec ce sang-de-navet* !

Cally leva les yeux au ciel.

— N'importe quoi, maman ! Tu oublies que j'ai failli l'étrangler le jour où il a essayé de m'embrasser !

— Alors si ce n'est pas lui, avec quel voyou de Varney Hall traînes-tu ?

— Oh, maman, je t'assure que je ne rencontre aucun sang-de-navet en cachette ! Et je ne vois pas pourquoi tu t'inquiètes! Les sang-rassis* ne se marient qu'entre eux et je ne fais franchement pas partie de leur bande!

— Tu ne devrais pas dire des choses pareilles, ma chérie, la gronda sa mère en lui caressant les cheveux. Tu vaux largement n'importe quelle Sang-de-Race de ton école. Et tous les garçons de Ruthven tomberaient à tes pieds s'ils savaient qui est ton père!

Cally s'écarta. L'haleine de sa mère empestait le bourbon.

— Première nouvelle! Je ne sais même pas qui c'est!

— C'est un Sang-de-Race très riche et très puissant..., ânonna Sheila comme si elle récitait une leçon.

— Oh, je connais l'air de la chanson, maman, mais pas les paroles... Je vais bientôt avoir dix-sept ans. Tu ne crois pas qu'il serait temps de me mettre au courant? Pourquoi continues-tu à le protéger?

— Tu sais très bien que je ne peux pas te répondre, Cally, soupira-t-elle. Ta grand-mère m'a fait...

Elle détourna les yeux et laissa sa phrase en suspens.

— C'est pour ton bien, ma chérie.

— Pourquoi faut-il toujours que tu t'abrites derrière grand-mère dès que je t'interroge sur l'identité de mon père? Ça suffit! Voilà deux ans qu'elle est morte. La vérité, c'est que tu ne veux pas me dire son nom!

— Cally, ma chérie, tu ne comprends pas la situation de ton père...

— Non, en effet! Et ce n'est pas le peu que tu m'en as

dévoilé qui risque de m'éclairer! Je vais dans ma chambre. Et fais-moi plaisir, maman : n'appelle pas les Sang-Neuf des sang-de-navet, d'accord? C'est insultant! Ça te plairait qu'on te traite de caillot? lança-t-elle avant de claquer la porte derrière elle.

Tant pis pour les nuisances sonores!

Chapitre 3

Lilith Todd gravit l'imposant escalier de granit qui menait au Clocher. En robe bustier rouge et chaussée d'escarpins à brides, elle incarnait la beauté personnifiée. Elle s'arrêta le temps de jeter un regard méprisant sur la foule de jeunes branchés massés du mauvais côté des cordes de velours ; ces pitoyables caillots espéraient contre toute attente qu'on les laisserait entrer dans l'ancienne église devenue le dernier club à la mode.

Elle passa devant l'impressionnant portier et se fraya un chemin parmi ceux qui venaient voir et se faire voir tout en bavardant et dansant. Elle avait besoin d'un petit remontant, mais aucun des trois bars du rez-de-chaussée ne servait sa boisson favorite. Tandis qu'elle montait au salon VIP, le martèlement de la musique diminua peu à peu jusqu'à ne plus être qu'un battement sourd.

Elle aperçut son petit ami, Jules de Laval, affalé sur un canapé, en grande conversation avec ses deux amis et camarades de Ruthven, Sergueï Savanovic et Oliver Drake. Avec ses épais cheveux blond vénitien savamment décoiffés, sa mâchoire carrée et ses yeux verts chatoyants, Jules ressemblait à un jeune roi tenant sa cour.

Il l'accueillit avec un sourire étincelant.

— Alors, comment s'est passé ton après-midi avec Armida et Lula ?

— Tu veux parler du travelo et de la naine ! gémit Lilith en lui effleurant les joues du bout des lèvres pour ne pas abîmer son maquillage. Elles sont aussi pénibles l'une que l'autre.

— Dois-je en déduire qu'elles ont raté leur audition ?

— Je n'ai pas dit ça. Si on attendait que j'aie pris un verre pour en parler ?

Sergueï la suivit d'un regard lascif quand elle se dirigea vers le bar, ses hanches magnifiquement soulignées par sa robe. Malgré ses yeux sombres et profonds de poète, Sergueï s'habillait en rock star et en possédait l'appétit sexuel.

— C'est toi qui accompagnes Lilith au bal des Ténèbres, Jules ? murmura-t-il.

— Non. C'est contraire aux usages. Les débutantes ne peuvent être escortées que par des garçons qui n'ont aucun lien affectif avec elles. Une tradition stupide. Et comme nous sommes promis, elle et moi, je suis éliminé d'office. Demande à Oliver, il ne peut pas accompagner Carmen, lui non plus.

Le blond hocha la tête. Avec ses cheveux filasse et son visage juvénile, il aurait semblé aussi inoffensif qu'un chaton, n'eût été son regard de glace.

— Dans ce cas qui vas-tu escorter au bal, Jules ?

— Tu sais bien que c'est aux filles de nous inviter.

Oliver plissa les yeux.

— Ne me dis pas qu'aucune ne t'a retenu alors que tu es le type le plus couru de Ruthven ?

Jules haussa les épaules.

— Tu connais Lilith, elle déteste partager. Et pas une de ces demoiselles n'a le courage de provoquer sa jalousie. Et toi, Sergueï ?

— Je ne sais pas encore, répondit-il en coulant un regard vers Oliver. Ça ne dépend pas de moi.

Le temps que Lilith arrive au comptoir, le barman avait déjà préparé sa boisson : de l'AB négatif additionné de bourbon, servi à la température du corps avec un soupçon d'anticoagulant, juste comme elle l'aimait.

Elle en sirota une gorgée. L'homme debout à côté d'elle lui sourit et lui fit un clin d'œil d'un air qui se voulait débonnaire. La trentaine bien tassée, le visage un peu empâté et embrasé par l'alcool, il empestait l'eau de Cologne. Comparé à la clientèle masculine branchée à laquelle il essayait de se mêler, il paraissait terne et vieux. Encore un trader en goguette.

— Vous êtes sûre que vous allez boire tout ce vin, jeune fille ? s'exclama-t-il.

Lilith toussa pour dissimuler son fou rire.

— Ne vous inquiétez pas. Il y en avait dans mes biberons, répondit-elle en pivotant pour rejoindre ses amis.

Enhardi par l'alcool, l'homme la retint par le coude.

— Je pourrais peut-être vous en offrir un autre verre quand vous l'aurez terminé ?

Lilith baissa les yeux sur l'alliance qu'il portait, puis le transperça d'un regard aussi bleu et froid que la glace de l'Antarctique.

— Je suis avec mon fiancé, répliqua-t-elle sèchement.

Le trader s'aperçut qu'un jeune blond au physique de surfeur le dévisageait d'un regard étrangement luminescent sous la lumière tamisée. Et le sourire qu'il lui décochait n'avait rien de sympathique.

Il lâcha le bras de Lilith.

— Désolé ! s'excusa-t-il aussitôt.

— J'aurais honte à votre place. Vous feriez mieux de rentrer retrouver votre petite famille !

L'homme s'effondra sur un tabouret et fit signe au barman de le resservir.

— Vous avez vu ce caillot ? s'écria Lilith lorsqu'elle s'assit parmi ses amis. Comment peut-on laisser entrer un naze pareil dans le salon VIP ? Seb débloque ou quoi ?

— Du calme, déclara Sergueï. Ton admirateur va sans doute finir au caveau*.

— J'espère qu'il est A positif et qu'il carbure au scotch, soupira Jules. Pour le moment, le seul donneur* du club qui en boive est B négatif. Ça me fait une belle jambe !

— De quoi parliez-vous pendant que je me faisais draguer ?

— De pas grand-chose, rétorqua Sergueï. Juste du bal.

— Laisse tomber ! Je n'ai toujours pas trouvé la robe de mes rêves !

— Tu n'as rien acheté aujourd'hui ? s'étonna Jules.

Elle leva les yeux au ciel.

— Bien sûr que si ! J'ai déniché des talons compensés sublimes et une robe absolument divine, boutonnée sur le côté. Oh, et aussi un sac en cuir matelassé du même bleu. Mais pas de robe de bal. Tu sais, je me disais que ce serait sympa de retourner chez toi. Tes parents ne sont toujours pas rentrés ? Et c'était si bien, l'autre soir…

— Oui, si tu veux. Mais…

— Mais quoi ?

— On ne sera pas seuls. Ma tante Juliana et mon oncle Boris préparent leur demeure dans les Hamptons pour le bal des Ténèbres et Xander vit chez nous en ce moment.

— Berk ! Il me file des boutons. Il serait bien capable de regarder par le trou de la serrure, tel que je le connais ! ajouta-t-elle en frissonnant à l'idée qu'il la voie nue. Tu ne peux pas lui dire d'aller se faire pendre ailleurs ?

— Lilith, il va falloir que tu t'habitues à lui. C'est mon cousin. Et il sera bientôt de ta famille.

— Inutile de me le rappeler !

— Je ne suis jamais allé dans leur propriété des Hamptons, remarqua Oliver. À quoi ça ressemble ?

— C'est assez sympa. King's Stone serait inspiré d'un château de la vieille Europe, m'a dit Exo. Oncle Boris l'a fait construire en blocs de pierre des Carpates. Je ne te raconte pas nos parties de cache-cache quand on était petits !

— J'en veux un autre ! annonça Lilith d'une voix forte en agitant son verre vide sous le nez de Jules.

— Tu ne t'es pas cassé la jambe, que je sache ! la rembarra-t-il avant de poursuivre sa conversation.

Elle serra les dents. C'était du Jules tout craché. Aux petits soins pour elle, avec soirée aux chandelles, déclaration d'amour et bijoux, et deux secondes après c'est à peine s'il se rappelait son nom !

Elle s'éloigna vers le bar, folle furieuse.

Quand elle s'accouda au comptoir, le trader leva lentement la tête vers elle. Ses yeux qui brûlaient de désir dix minutes auparavant n'exprimaient plus que de l'angoisse. Il avait le regard d'un homme qui prend conscience de s'être aventuré en zone dangereuse et ne sait plus comment regagner la terre ferme.

— On a mis quelque chose… dans mon verre, bredouilla-t-il.

Il voulut se lever. Ses jambes se dérobèrent. Seb apparut comme par magie et le saisit sous les bras avant qu'il ne s'affale sur le sol. Malgré ses soixante kilos tout mouillé et ses chaussures à talons compensés d'une hauteur vertigineuse, le gérant du club n'eut aucun mal à remettre l'ivrogne sur son siège.

— André, Christian, pourriez-vous escorter notre ami au caveau? dit-il aux deux videurs baraqués qui l'encadraient. Quentin, qu'est-ce qu'il boit?

— Du scotch, répondit le barman.

Un sourire illumina le visage de Seb, révélant ses crocs d'une blancheur de perle.

— Parfait! André, mets notre nouveau donneur sous perfusion de Bushmills.

— Compris, patron.

Lilith sirota son verre en regardant les videurs emporter le caillot vers le mur du fond. Les tapisseries qui l'ornaient dissimulaient un escalier dérobé menant au caveau situé sous le club. Pour un observateur humain, le personnel mettait un client encombrant dehors. Hélas, la vérité était bien plus dérangeante et lugubre.

Lilith se demanda si elle ne ferait pas mieux de rejoindre les garçons, mais elle en voulait encore à Jules. Elle en avait assez de ses douches écossaises! Ne se rendait-il pas compte de la chance qu'il avait d'être fiancé avec elle? Lui qui détestait la voir jalouse, il paraissait encore plus contrarié quand elle ne l'était pas. C'était un éternel insatisfait! Si son père n'avait pas signé ce contrat de mariage avec le comte de Laval, elle l'aurait volontiers laissé tomber pour trouver un fiancé un peu plus empressé. Mais qui? Depuis toujours elle se voyait mariée à Jules et comtesse de Laval. Vivre avec un autre lui semblait aussi impensable que de partager!

— Lilith, ma chérie! s'exclama Seb, reportant son attention sur la belle héritière. Tu as dû arriver pendant que j'avais le dos tourné! Tu sais que tu n'as pas le droit d'entrer dans le club sans passer me voir!

— Voyons, Seb, comment pourrais-je l'oublier? gloussa-t-elle en embrassant le vide de part et d'autre de ses joues rouges et poudrées.

— Oh, une seconde! dit-il en posant l'index sur son oreillette Bluetooth. J'ai un appel. Oui, Thomas? Vraiment? Où est-elle?

— Que se passe-t-il?

— Nous avons une célébrité qui monte au salon VIP.

— Une des nôtres ou une des leurs?

— Une des leurs. Gala, la top-modèle.

Lilith haussa un sourcil.

— Je l'ai vue au défilé de Bergdorf, cet après-midi.

— Petite veinarde, la chance que tu as de pouvoir encore faire du shopping! Moi, je suis forcé de commander par Internet. Enfin, j'adorerais continuer à bavarder avec toi, mais je dois m'assurer que le personnel a bien noté que notre star est au régime sans protéines. Ah, la voilà! s'écria-t-il. Il se précipita vers la jeune femme aussi vite que ses chaussures le permettaient.

Lilith le regarda s'aplatir devant Gala comme un chien devant le chef de meute. Le mannequin avait échangé la tenue sobre de Maison d'Ombres contre une courte robe débardeur métallisée et des sandales assorties qui mettaient en valeur son corps tonique et bronzé. Lilith éprouva une bouffée de jalousie en s'apercevant que Seb lui manifestait autant d'empressement qu'à elle.

La jeune femme faisait tourner toutes les têtes sur son passage. Quand elle s'assit, sa robe remonta, révélant une culotte assortie. Le désir brilla dans les yeux des hommes tandis que les femmes la fusillaient du regard, Lilith la première.

— Qu'est-ce qui se passe ?

Lilith sursauta. Elle était si captivée par la nouvelle venue qu'elle n'avait pas entendu Jules approcher.

— Rien, juste un mannequin qui vient d'arriver.

— Et elle est canon ? demanda-t-il en se haussant sur la pointe des pieds.

— Bien sûr qu'elle l'est ! s'esclaffa Sergueï. Elle est mannequin !

Jules lui décocha un coup de coude dans les côtes.

— On va examiner ça de plus près ?

— J'comprends vraiment pas l'intérêt d'aller reluquer un caillot qui s'la joue ! riposta Lilith d'un ton hautain.

— Tiens, tiens ! On est jalouse, Lilith ? ricana Sergueï.

— Jalouse ? Et de quoi ? Heureusement que son

bronzage n'est pas plus orange, sinon on la prendrait pour un Oompa Loompa !

Sergueï haussa les épaules.

— N'empêche qu'elle est canon !

— Si tu le dis ! Excusez-moi, je vais me remettre du rouge à lèvres.

Les toilettes VIP ne possédaient pas de miroir au-dessus des lavabos. En temps normal, Lilith aurait demandé à Tanith ou à une autre de l'accompagner afin qu'elles inspectent mutuellement leur maquillage. Mais Tanith était morte, Melinda l'avait plaquée et elle avait eu sa dose de Carmen pour la journée. Elle n'osa pas se remettre du rouge sans personne pour vérifier. Et puis, c'était un prétexte. En fait, elle ne supportait plus de voir les autres se pâmer devant la bimbo.

C'est alors que Gala entra dans les toilettes comme si elle défilait sur un podium à Milan. Elle passa devant Lilith sans lui accorder un regard et disparut dans une cabine.

Lilith ouvrit le robinet avec son coude et fit semblant de se laver les mains. Une minute plus tard, elle fut récompensée de sa patience par le bruit de la chasse suivi de celui de la porte qui grinçait. Elle prit une serviette en papier dans le distributeur et essuya longuement ses mains qu'elle n'avait pas mouillées.

— Je vous ai vue au défilé chez Bergdorf, lança-t-elle

en s'écartant du lavabo pour laisser la place à la jeune femme.

— Ah bon ? répondit celle-ci d'un ton las.

— Je peux vous poser une question ?

Gala haussa les épaules.

— Que pensez-vous de Kristof?

Gala ferma le robinet et la regarda en biais. Lilith aperçut dans ses yeux aigue-marine une dureté qu'elle n'avait pas encore remarquée.

— À quel point de vue ?

— C'est un pro ? On m'a proposé de poser pour lui et j'hésite...

Gala la toisa avec mépris.

— Toi ? Poser pour Kristof ? Il existe un magazine qui s'appelle *Vogue*, ma chérie, et tu ferais bien de le feuilleter avant de faire perdre son temps à Kristof.

En sortant des toilettes, Gala crut entendre gronder un molosse. C'était ridicule ! Qu'est-ce qu'un animal pareil ferait dans les toilettes d'un night-club de Manhattan ?

Gala avait chargé un agent immobilier de lui trouver un logement plus conforme à son nouveau statut de top-modèle. En attendant, elle partageait encore un appartement à Chelsea avec deux autres mannequins de son agence.

Quand le taxi la déposa devant son immeuble, elle sursauta et laissa même échapper un cri de frayeur. Il lui avait semblé distinguer une silhouette dans l'entrée. Elle écarquilla les yeux. Il n'y avait rien.

« Bon sang, Skyler, t'as pas intérêt à m'avoir encore fourgué n'importe quelle dope ! » songea-t-elle en ouvrant la porte du hall. Elle avait une séance de photos avec Kristof le lundi matin et elle ne tenait pas à passer les dix-huit prochaines heures en proie à des hallucinations. Kristof détestait que ses mannequins arrivent le teint blafard, les traits tirés.

Elle longea les rangées de boîtes aux lettres et eut la désagréable impression d'être observée. Elle regarda en arrière. Rien.

« Maudit Skyler ! Tu me paieras ça ! »

Elle appuya sur le bouton de l'ascenseur et entendit la cabine s'ébranler dans les étages supérieurs. Elle songea à toutes les belles choses qu'elle achèterait grâce à son juteux contrat avec Maison d'Ombres. Depuis le temps qu'elle faisait de la pub pour des voitures de luxe, des vêtements, des chaussures, des parfums et des bijoux, elle pourrait enfin se les offrir. Pas mal pour une fille qui avait quitté son lycée du fin fond du Texas avec juste l'équivalent du bac en poche et un physique potable !

Les portes s'ouvrirent sur une cabine obscure. L'ampoule avait dû griller. Gala s'avança et sentit du verre crisser sous sa semelle. Quelqu'un l'avait cassée !

Elle recula en hâte. La simple idée de se retrouver enfermée dans le noir, même pour quelques secondes, suffit à lui donner la chair de poule. Et si l'individu qui avait brisé la lampe l'épiait dans les ténèbres?

Étouffant un juron, elle se dirigea vers l'escalier et entama l'ascension vers le cinquième étage. Vivement qu'elle déménage!

Alors qu'elle arrivait au troisième, elle perçut un bruit dans les étages supérieurs. Elle se pencha par-dessus la rampe et leva la tête vers le haut de l'étroite cage d'escalier. Quelqu'un la regardait depuis le palier du cinquième! Elle recula aussitôt, le cœur battant à se rompre, et se mit à fouiller frénétiquement dans son sac. Elle poussa un soupir de soulagement en sentant son portable sous ses doigts.

Elle allait composer le 911 quand il lui apparut que ce n'était peut-être pas très judicieux d'appeler la police. Non seulement elle n'avait pas l'âge légal pour boire de l'alcool, mais, en plus, elle était shootée. D'ailleurs, elle n'était même plus sûre d'avoir vu quelqu'un, alors qu'elle avait la certitude que l'alcootest serait positif. Elle avait dû encore avoir une vision.

Rassemblant son courage, elle se pencha de nouveau et scruta les hauteurs. Personne. Elle poussa un soupir de soulagement, rangea son mobile et reprit son ascension.

Au moment où elle parvenait à son étage, elle entendit un bruit qui lui évoqua des draps claquant au vent. Elle n'eut pas le temps de réagir qu'une grande forme sombre fondait sur elle et la percutait de ses ailes membraneuses.

Une tête horrible s'approcha de son visage, mi-humaine, mi-chauve-souris, avec un petit nez court de cochon, des yeux globuleux et des crocs acérés.

Gala hurla et se couvrit les yeux, tentant désespérément d'occulter cette abomination. Soudain, le talon de sa chaussure céda. Elle bascula en arrière et dévala l'escalier jusqu'au palier en dessous, où elle s'immobilisa, les jambes tordues comme un pantin désarticulé, la bouche dégoulinante de sang.

Avec un gémissement de douleur, elle releva la tête et se figea. Le monstre était penché sur elle tel un vautour. Elle voulut hurler ; paralysée par la peur, elle ne put émettre qu'un gargouillement.

Les traits hideux de la créature se diluèrent à la façon d'un mirage dans le désert. Stupéfaite, Gala vit devant elle une ravissante jeune fille aux longs cheveux blonds et au regard de glace.

— Tous ceux qui ont osé me parler comme tu l'as fait l'ont payé cher ! rugit la fille chauve-souris. Et Kristof m'appartient ! ajouta-t-elle avec un sourire qui révéla des canines démesurées.

À l'instant où la créature allait plonger ses crocs dans la gorge de Gala, une porte s'ouvrit au-dessus d'elles.

— Qui est là ? cria une voix masculine.

La fille chauve-souris se redressa, cracha de colère, et, aussi subitement qu'elle était apparue, elle s'évanouit. Un vieil homme prit sa place, vêtu d'une robe de chambre élimée, armé d'une crosse de hockey. Gala reconnut un de ses voisins.

— Oh, mon Dieu! J'appelle tout de suite les secours! s'affola-t-il.

Gala leva les yeux et vit, au-dessus de son sauveur, la fille chauve-souris pendue au plafond comme un lustre monstrueux, qui lui souriait d'un air démoniaque.

Alors seulement elle réussit à hurler.

Chapitre 4

Le samedi matin, Cally finissait de coudre la fermeture Éclair de sa minijupe noire lorsque le téléphone sonna. Elle posa son ouvrage et s'empressa de décrocher avant que le répondeur ne se déclenche.

— Salut! dit Melinda sans prendre la peine de s'identifier.

— Salut, Melinda. Quoi de neuf?

— Pas grand-chose. Ça te dirait d'aller essayer le Viral, ce soir? J'en ai marre du Clocher. Et il paraît que le Viral est VIP.

— Comment ça?

— Tu sais bien: réservé aux Vampires Illustres et Prodigieux! gloussa-t-elle. Alors? On tente le coup?

— Bella et Bette y vont?

— Elles? En boîte? Tu plaisantes!

— D'accord, je suis partante. Faut juste que je trouve une excuse pour ma mère. Elle ne me lâche plus.

— Quand penses-tu être prête ? Je peux t'envoyer une voiture...

— Non, non, je me débrouille. Je te retrouve là-bas. Minuit, ça te va ?

— L'heure du crime ! Génial ! À plus.

Sa mère, comme d'habitude, était allongée sur sa méridienne devant la télévision. Elle regardait *Aux frontières de l'aube* avec des écouteurs sans fil dans les oreilles, petite concession aux plaintes de la copropriété.

Cally se pencha.

— Maman, je sors ce soir.

— Passe d'abord à la teinturerie chercher ton blazer. Franchement, Cally, on aurait dit qu'il sortait d'un abattoir ! La prochaine fois, fais attention en ouvrant les poches de sang qu'on vous sert à la cantine.

— Ne t'inquiète pas, maman, ça n'arrivera plus, promit-elle, soulagée que sa mère ne lui demande pas davantage d'explications.

Si elle avait su que Cally avait été attaquée à l'école, et par Lilith Todd, par-dessus le marché, elle en aurait fait une jaunisse !

Assise sur son lit, Lilith contemplait le numéro de téléphone gravé sur la carte de Kristof. Rassemblant son courage, elle le composa.

Elle entendit sonner à l'autre bout du fil, une fois, deux

fois, dix fois. Alors qu'elle craignait que le répondeur ne se mette en marche, on décrocha enfin.

— Allô? dit une voix masculine.
— Je voudrais parler à Kristof...
— C'est moi.

Lilith n'avait jamais été intimidée par les humains. Pour elle, la nervosité était liée à la peur. Et, à l'exception des Van Helsing, qu'avait-elle à craindre d'eux? N'était-elle pas plus rapide, plus forte, plus dangereuse et plus belle que la plupart d'entre eux? Cependant, pour une raison qu'elle ne s'expliquait pas, elle avait la bouche sèche.

— Cela va peut-être vous paraître bizarre, mais je vous appelle parce que vous m'avez donné votre carte à la boutique Dolce & Gabbana sur Madison...

— Ah oui! La blonde! s'exclama-t-il avec enthousiasme. Alors, vous avez changé d'avis? Vous acceptez que je vous photographie?

— Eh bien, je pourrais passer à votre studio un de ces jours...

— Pourquoi pas ce soir?

Lilith sourit, ravie de le voir mordre si vite à l'hameçon.

— Vous parlez sérieusement?

— Je dis toujours ce que je pense. À moins d'être amoureux. Et encore, j'attends toujours le troisième rendez-vous, s'esclaffa-t-il. Je serai surbooké à partir de demain. Si vous voulez que je vous photographie, c'est ce soir ou jamais.

— Je devrais pouvoir me libérer. Indiquez-moi votre adresse. Je n'ai que votre numéro de téléphone.

Il habitait à Tribeca.

— Au fait, puisque vous connaissez mon nom, ce serait juste que je connaisse aussi le vôtre.

— Je m'appelle Lili…

Elle s'arrêta net. Ce n'était peut-être pas prudent de dévoiler son identité.

— Eh bien, à tout de suite, Lili.

Cally arriva au moment où la teinturerie fermait. Elle paya en vitesse et ressortit dans la rue où les vieux immeubles n'avaient pas encore été transformés en lofts hors de prix.

Tandis qu'elle poussait le Caddie laissé par sa mère la veille, elle songea que ça lui ferait du bien de sortir pour s'amuser et non pour payer la facture d'électricité en dépouillant des dealers de drogue ! Elle aurait préféré y aller avec Peter, mais c'était impossible.

Soudain, un grand type surgit d'un porche et lui bloqua le passage. Cally reconnut aussitôt Johnny Muerto, un de ses anciens condisciples de Varney Hall.

— Regardez qui voilà ! ricana-t-il méchamment en prenant à témoin sa demi-douzaine d'acolytes qui se déployèrent pour couper toute retraite à Cally. Alors, qu'est-ce qui t'arrive, la sang-rassis ? Tu t'es perdue en faisant tes courses sur la Cinquième Avenue ?

Muerto avait l'air d'un cadavre ambulant. Il n'avait que la peau sur les os et ses cheveux de jais qui lui tombaient aux épaules complétaient le tableau. Le bruit courait qu'il avait empalé deux Sang-de-Race venus imprudemment chasser* sur le territoire des Sang-Neuf.

— Qu'est-ce que tu racontes, Johnny? Je ne suis pas une sang-rassis, et tu le sais.

Un rictus mauvais étira les lèvres de lézard de Muerto, révélant des crocs jaunis.

— Pourtant il paraît que tu fréquentes l'Académie Bathory.

— Et tu le crois? répliqua-t-elle en s'efforçant de refouler sa peur.

Même si elle se défendait dans le combat au corps à corps et possédait la faculté de provoquer des orages et des éclairs, elle ne pouvait pas affronter sept garçons.

— N'empêche qu'on ne te voit plus tellement dans le coin. Alors qu'est-ce que je dois en penser?

— Parce que tu penses?

— Ah, tu me peines beaucoup, Cally, soupira-t-il en se frappant la poitrine avec un doigt recourbé comme une serre. Beaucoup, beaucoup.

Un garçon au faciès de rat profita de la discussion pour arracher son caddie à Cally.

— Touche pas à mes affaires, pauvre type! protesta-t-elle quand il se mit à envoyer valser ses vêtements.

— Muerto, vise un peu ! beugla l'abruti en brandissant la veste d'uniforme.

— Rends-moi ça !

Mais avant qu'elle ait pu lui reprendre le blazer révélateur, Muerto s'en empara et la saisit par le bras.

— C'est quoi, ce truc ? aboya-t-il en montrant l'écusson. Ça m'a tout l'air d'un bon gros B. Qu'est-ce qu'il peut bien représenter ?

— Je t'ai dit de me rendre ce blazer, Johnny ! hurla-t-elle.

Il fit tourbillonner la veste, tel un matador avec sa cape.

— Te bile pas, je te le rendrai dès que tu m'auras donné le baiser que tu me dois, ricana-t-il.

Cally leva la main. Un arc électrique jaillit de sa paume et frappa le garçon à tête de rat. Elle détala à la faveur de la confusion générale.

— Bougez-vous ! gronda Muerto. Attrapez-la !

Cally courait à toutes jambes. Elle n'essaya même pas d'appeler à l'aide. Les gens qui vivaient dans l'ombre du pont de Williamsburg avaient compris depuis longtemps qu'il valait mieux faire la sourde oreille et fermer les yeux après la tombée de la nuit.

Cally venait de plonger dans une ruelle entre deux entrepôts couverts de graffitis quand une paire de griffes aiguisées comme des rasoirs se plantèrent dans ses omoplates et la plaquèrent au sol.

— Vite, attachez-lui les mains dans le dos, cria Muerto

d'une voix perçante en reprenant sa forme humaine. Faut l'empêcher de jeter des éclairs.

Cally se mordit la lèvre lorsqu'un membre de la bande lui enfonça le genou dans le creux des reins et la ligota avec du fil électrique. Même si ses côtes cassées commençaient déjà à se ressouder, la douleur qu'elle ressentait n'en était pas moins vive.

Deux voyous la remirent brutalement debout en la tirant par les poignets.

— Quel dommage ! railla Muerto. Comme disait ma pauvre maman : « Tant de battements d'ailes pour mourir en vue de la caverne ! »

— Si tu dois me tuer, finis-en vite ! s'écria-t-elle.

— Quoi ? Tu crois que je veux te tuer ? répliqua-t-il avec une indignation feinte. Alors que je te demande juste un baiser ! Un tout petit baiser ! La première fois que j'ai voulu t'embrasser, tu m'as frappé à la gorge et donné un coup de pied mal placé ! La deuxième fois, tu m'as à moitié grillé et t'as détalé. Pourquoi ? Je suis pas assez bien pour toi ? Pourquoi tu me forces à être méchant, moi qui aurais pu être si gentil avec toi ? Surtout qu'après mes potes risquent d'être encore plus cruels que moi !

Soudain, d'aveuglants phares au xénon illuminèrent la ruelle. Muerto leva instinctivement la main pour abriter ses yeux hyper sensibles. Cally distingua la silhouette d'une voiture.

Le chauffeur descendit.

— Laissez-la! ordonna-t-il avec un accent méditerranéen prononcé.

— Tu es sur le territoire des Empaleurs, trou du cul! Alors casse-toi! rétorqua Muerto.

Le passager descendit à son tour.

— On t'a dit de laisser la fille tranquille! déclara-t-il d'une voix dure comme l'acier.

— En quel honneur? cracha Muerto en montrant ses crocs.

Le chauffeur éteignit ses phares. On aperçut alors deux hommes vêtus du costume noir, de la chemise noire et de la cravate rouge de la Strega*. Le chauffeur, la tête énorme et les mains comme des gants de base-ball, paraissait à peine âgé d'une trentaine d'années. Son passager, encore plus jeune, affichait une assurance bien au-dessus de son âge.

La frayeur se peignit ouvertement sur le visage pâle de Muerto qui blêmit encore.

— Oh, mille excuses, m'sieur! Je ne vous avais pas reconnu!

— Je m'en doute! À présent, lâche la fille. C'est une amie de la famille.

— Pardonnez-nous, m'sieur. On savait pas! gémit Muerto en s'empressant de détacher les mains de Cally.

— Je te ferai signe si je veux entendre ta voix, Muerto. Maintenant, allez chercher ses affaires.

— Oui, m'sieur! Tout de suite, m'sieur!

— Grouillez-vous !

En voyant Muerto et sa bande décoller avec des piaillements d'effroi, Cally songea aux singes volants du *Magicien d'Oz*.

— Vous n'êtes pas blessée, mademoiselle Mount ? s'inquiéta le plus jeune des deux inconnus.

— Ça ira. Mais comment connaissez-vous mon nom ? Nous nous sommes déjà rencontrés ?

Il lui adressa un sourire cordial.

— Non, mais je sais qui tu es, Cally. Il faut dire que depuis plusieurs jours mes sœurs ne parlent plus que de toi.

— Vos sœurs ?

Il passa les doigts dans ses cheveux à la coupe parfaite et rajusta les revers de son costume Armani.

— Permets-moi de me présenter. Je suis Faustus Maledetto. Mais tu peux m'appeler Lucky. Et voici mon chauffeur, Bava.

— Maledetto ? Vous êtes le frère de Bella et Bette…

— Oui, leur frère aîné, acquiesça-t-il en riant. Et je venais pour affaires dans ton quartier quand j'ai cru comprendre que tu avais des ennuis.

— Mais comment m'avez-vous reconnue ?

— J'ai aperçu l'éclair. Aucune autre jeune fille de la ville n'est une jeteuse de foudre*.

Elle haussa les sourcils de surprise.

— Alors votre père vous a parlé de moi, lui aussi ?

— Bien sûr. Notre affaire est avant tout familiale.

Un bruit de ferraille retentit derrière elle. Elle se retourna. Muerto revenait en poussant le caddie aussi vite qu'il pouvait.

— Voilà les vêtements, m'sieur !

— Ce n'est pas à moi qu'il faut les rendre, abruti ! C'est à la demoiselle !

— Pardon, m'sieur. Enfin, pardon, mad'moiselle. Je les ai pliés du mieux que j'ai pu.

Lucky le prit au collet.

— Écoute-moi bien, Muerto, car je n'ai pas l'intention de me répéter. Cette jeune fille est sous la protection de la Strega. Si toi ou un seul de tes pitoyables acolytes ose seulement poser les yeux sur elle, je t'arrache la tête, compris ?

— Message reçu, m'sieur.

— Parfait.

Lucky le repoussa d'un geste sec, sortit sa pochette en soie rouge de sa poche de poitrine et s'essuya les mains.

— Maintenant, disparais de ma vue !

Muerto recula dans la ruelle avec des courbettes.

— Oui, m'sieur. Vous êtes trop bon, m'sieur.

— Je déteste ce petit *scarafaggio*[1], grommela Lucky en le regardant filer vers sa bande. Si ça n'avait tenu

---

1. « Blatte », « cafard », en italien. *(N.d.T.)*

qu'à moi, je l'aurais zigouillé. Bava! Mets les affaires de Mlle Mount dans le coffre, ajouta-t-il. Le mort-vivant* ouvrit le coffre de la Lexus.

— Hé! Qu'est-ce que vous faites? protesta Cally.

— C'est la moindre des choses que je te raccompagne, expliqua Lucky.

Cally hésitait à accepter son offre. Même s'il était le frère de ses amies, il n'en restait pas moins un membre de la Strega, donc un homme hyper dangereux. Par ailleurs, elle avait un petit ami. Peter pourrait ne pas apprécier qu'elle se balade avec ce séduisant jeune homme.

Cependant, quelque chose l'intriguait chez Lucky Maledetto. Et elle était en retard. En plus, il venait de lui sauver la vie. Compte tenu des circonstances, il aurait été impoli de refuser sa proposition...

— Te voilà de retour chez toi saine et sauve.

— Merci de m'avoir ramenée, Lucky.

— Je t'en prie. Je suis ravi de pouvoir enfin mettre un visage sur ton nom. Tu es encore plus jolie que mes sœurs ne le disaient.

Cally se sentit rougir.

— Merci. Vous êtes arrivé à temps. Sans vous, je ne sais pas comment ça se serait terminé.

— Je suis content de t'avoir été utile. Mais dis-moi, ta famille ne possède pas de morts-vivants? Quelle imprudence de te charger des courses et de te faire courir des risques pareils!

— C'est dur de loger du personnel dans un trois pièces.

— Je suis désolé, ma réflexion était idiote. J'oublie parfois que tout le monde ne vit pas dans les mêmes conditions que nous, même parmi les Sang-de-Race. Bava peut t'aider à monter tes vêtements, si tu veux.

— Non, non. Ce n'est pas la peine. Vous en avez déjà bien assez fait. Je vous en prie, transmettez mon meilleur souvenir à votre famille.

Tandis qu'elle se tournait vers son immeuble, Cally leva la tête juste au moment où le rideau de son salon retombait devant la fenêtre.

«Quelle tuile!»

Sa mère l'attendait derrière la porte.

— Je peux savoir ce que tu fichais avec la Strega?
— Tu m'espionnais?
— Pas du tout. C'est par hasard que j'ai jeté un coup d'œil dans la rue à ce moment-là! Et ça ne me dit pas ce que tu faisais dans une voiture remplie de voyous de la Strega.

— Arrête, ce ne sont pas tous des voyous!
— Le type qui a sorti tes affaires du coffre, c'est lui que tu fréquentes?

Cally leva les yeux au ciel d'un air accablé.

— Tu plaisantes, j'espère! Tu crois vraiment que c'est le genre de garçon qui me branche? En plus, c'est un mort-vivant!

— Et celui qui t'a dit au revoir? Ce ne serait pas le fils de Vinnie Maledetto?

— Et même si c'était lui? la défia Cally en poussant le Caddie dans le couloir. Lucky m'a raccompagnée à la maison, c'est tout. Par simple gentillesse, parce que je suis en classe avec ses sœurs.

— Tu es amie avec les filles de Vinnie Maledetto?

— Ben oui! Bella et Bette, maman. Souviens-toi, je suis même allée chez Bergdorf avec elles hier.

— Tu ne m'as jamais indiqué que leurs prénoms, se défendit Sheila. Tu ne m'as pas précisé qu'elles s'appelaient Maledetto!

— Je ne pensais pas que ça avait de l'importance, grommela Cally en posant le linge sur son lit. Peut-être que si tu t'intéressais à moi au lieu de regarder tes navets sur les vampires, t'en saurais plus sur ma vie!

— C'était donc lui que tu voyais en cachette! Le fils Maledetto! Ne me mens pas!

Il y avait longtemps que Cally avait renoncé à raisonner sa mère quand elle croyait détenir la vérité. Les rares fois où Sheila s'était sentie obligée d'intervenir dans son existence, elle s'était montrée plus tenace qu'un fox-terrier s'acharnant sur un rat. Mieux valait la laisser croire à ce mensonge que de risquer qu'elle découvre son secret.

— D'accord, soupira-t-elle. C'est lui ! Tu es contente ?

Sheila passa de la consternation à l'inquiétude.

— Cally, promets-moi de ne jamais le revoir ! Et tu dois aussi cesser de fréquenter ses sœurs. Vincent Maledetto est l'ennemi juré de ton père ! Il y a une vendetta entre vos deux familles !

— Qu'est-ce que ça peut me faire ? Je ne sais même pas qui est mon père.

— Cally, il faut me croire ! Les Maledetto ne sont que des voleurs et des assassins !

— Peut-être. Mais, au moins, Vinnie Maledetto s'occupe de ses enfants, lui. Il les aime ! Je ne peux pas en dire autant de mon père, quel qu'il soit !

— Mais ton père…

— Mon père peut aller griller en enfer en ce qui me concerne ! S'il ne veut pas que je fréquente les Maledetto, il n'a qu'à venir me le dire en face. Retourne à tes films, maman, je dois me changer.

— Mais…

— Sors d'ici !

Sheila accusa visiblement le coup et se précipita dans le couloir. Cally claqua la porte derrière elle.

Sheila courut s'enfermer dans sa chambre. Elle se laissa tomber sur son lit et décrocha le téléphone. Depuis dix-sept ans qu'il l'avait abandonnée pour retourner vivre auprès de sa femme, elle ne l'avait appelé qu'une fois, quand la grand-mère de Cally était morte. Autrement, c'était toujours lui qui prenait l'initiative de la contacter.

Au bout de la cinquième sonnerie, une voix distinguée à l'accent britannique répondit. Un domestique.

— Curtis? C'est Sheila. Pouvez-vous prévenir Monsieur que nous avons un problème?

Chapitre 5

— Ah, te voilà, princesse!
— Qu'y a-t-il, papa? soupira Lilith qui s'apprêtait à sortir.
Victor Todd nota d'un coup d'œil appréciateur le fourreau en laine violet gansé de cuir noir et les escarpins à semelles rouges.
— Très joli! Tu sors avec Jules, ce soir?
— Je dois le retrouver au Clocher.
C'était un demi-mensonge... ou une demi-vérité.
— Tu as quelque chose à me demander, papa? poursuivit-elle après un bref regard à sa montre. Je vais être en retard à mon rendez-vous...
— Je voulais juste te rappeler que ta mère rentre de Monte-Carlo pour assister à tes débuts dans le monde. Son avion devrait se poser à JFK avant le lever du soleil.
— Fabuleux! marmonna-t-elle. J'ai hâte d'y être.

Elle observa son père. Il ne se doutait toujours pas qu'elle savait la vérité à propos de Cally et elle tenait à ce qu'il l'ignore le plus longtemps possible. Jusqu'à l'instant fatal où elle avait goûté le sang de sa sœur, Lilith avait docilement joué le rôle que sa famille lui avait attribué. Mais depuis qu'elle savait que son père lui mentait en lui faisant miroiter un avenir riche de pouvoirs et de privilèges, elle se sentait aussi pitoyable que n'importe quel caillot qui, après avoir donné son sang en échange de l'immortalité, découvre qu'il est condamné à une éternité de servitude. Elle rêvait de se venger et il lui était plus facile de contrôler la situation sans révéler ses atouts. Et quel plaisir de savoir une chose que son père ignorait! Cela lui donnait un étrange sentiment de toute-puissance.

— Au fait, papa, j'ai oublié de t'en parler : j'ai eu un accrochage avec les jumelles Maledetto, hier.

Le sourire de Victor Todd s'évanouit.

— Où ça?
— Chez Bergdorf.
— Elles étaient seules?

Lilith secoua la tête.

— Non, il y avait aussi Melinda et la Sang-Neuf avec elles.

— Quelle Sang-Neuf? demanda-t-il en fronçant les sourcils.

— Tu sais, la jeteuse de foudre dont je t'ai déjà parlé. Celle à cause de qui Tanith est morte.

— Elle est amie avec les Maledetto ?

Lilith dut se maîtriser pour ne pas glousser devant les efforts qu'il faisait pour lui tirer les vers du nez, l'air de rien ! À voir sa tête, il ignorait tout des fréquentations de son enfant de l'amour.

— Et comment ! Elles ne se quittent plus ! C'est même un de leurs chauffeurs qui l'emmène chaque jour à l'école.

— Qu'est-ce que Vinnie Maledetto peut lui vouloir ? songea son père à voix haute.

Curtis, le majordome en chef, apparut soudain à la porte.

— Que Monsieur veuille m'excuser, mais on demande Monsieur de toute urgence au téléphone. Cela concerne votre filiale de Williamsburg.

— Dites-leur que j'arrive tout de suite, répondit Victor avant de se tourner vers sa fille avec un sourire las. Désolé, princesse, je dois y aller. J'espère que tu passeras une bonne soirée.

— Ne t'inquiète pas, papa. Elle a déjà bien commencé.

Le taxi empestait et le chauffeur était d'une laideur à faire pâlir d'envie les Orlock, mais Lilith n'avait pas osé prendre la limousine familiale pour se rendre à Tribeca. Une fois dans l'ascenseur de l'immeuble converti en lofts pour jeunes cadres dynamiques, elle ne put résister au plaisir de se refaire une beauté en se contemplant dans les parois en acier.

Kristof l'accueillit avec un large sourire.

— Bienvenue dans mon humble demeure.

— Waouh! s'exclama-t-elle en découvrant l'incroyable atelier avec ses six mètres de hauteur sous plafond. Je n'avais encore jamais vu un loft qui serve à la fois d'habitation et de lieu de travail.

Il l'aida à retirer son manteau de cuir noir.

— Autrement dit, vous n'avez jamais vu un vrai loft! s'esclaffa-t-il. J'habitais ici bien avant que Tribeca ne soit à la mode.

Lilith déambula dans le vaste espace parsemé de toiles de fond, de trépieds, d'appareils photo, de projecteurs et de réflecteurs. Elle s'arrêta devant un portant à roulettes chargé de costumes, de chapeaux et d'autres accessoires.

— Vous travaillez toujours chez vous?

— Non, je n'y réalise que quelques séances privées pour les amis ou les mannequins qui veulent que je fasse leur press-book. Mais parlez-moi plutôt de vous, Lili…

— Que voulez-vous savoir? minauda-t-elle en enroulant un boa autour de son cou.

Il s'empara d'un des appareils.

— Si on commençait par votre nom de famille?

— Mon nom de famille?

Lilith se raidit, affolée. Pas question de lui donner sa véritable identité. Ni de lui sortir un nom bateau comme Smith ou Jones. Il fallait que ça sonne juste sans être trop original…

— Graves. Je m'appelle Lili Graves.

Tanith serait sûrement ravie qu'elle utilise son patronyme en secret hommage à sa mémoire.

— Enchanté de faire votre connaissance, mademoiselle Graves, répondit Kristof en appuyant sur le déclencheur. On vous a déjà photographiée ?

— Jamais.

Ce que voulait savoir Kristof, évidemment, c'était si elle avait déjà posé pour un photographe professionnel, mais Lilith lui avait répondu la stricte vérité. Elle allait avoir dix-sept ans, et il n'existait aucune photo d'elle bébé ou fillette, en vacances ou à ses anniversaires, ou même lors de la Longue Nuit, la fête la plus importante du calendrier vampire.

— Vous faites des études ?

— Oui.

— À Hunter ou à New York University ?

« Il me prend pour une étudiante ! » Lilith dut pincer les lèvres pour ne pas sourire.

— À Columbia.

Elle croisa les bras et le dévisagea avec perplexité. Il en profita pour prendre un autre cliché.

— La séance a commencé ?

— Pas encore. Quel âge avez-vous ? Dix-huit ? Dix-neuf ans ?

— Dix-huit.

Elle n'était plus à un mensonge près.

— Vous venez d'arriver à New York ?

— Non, j'y suis née. Dites-moi, on va jouer encore longtemps à ce petit jeu ? Je n'ai pas envie de vous raconter ma vie. Si je suis ici, c'est uniquement parce que j'ai compris, en vous voyant avec un mannequin l'autre jour, que vous étiez bien un photographe et non un baratineur.

— OK. Vous êtes très belle. On vit dans un monde dangereux. Vous devez être constamment abordée par de drôles de types. Cependant comprenez-moi : quand je travaille avec une personne que je ne connais pas, j'aime commencer par une série de clichés décontractés, histoire de sentir sa façon de bouger, de se tenir. Et si je pose des questions, c'est pour briser la glace et me familiariser avec vous avant de vous braquer un énorme objectif sous le nez. Donc, vous étiez au défilé chez Bergdorf ? C'est drôle, je ne vous ai pas remarquée.

— Ça ne m'étonne pas. Vous étiez complètement focalisé sur cette punaise de Gala.

Kristof baissa son appareil.

— Vous la connaissez ?

— Non. Je l'ai juste entendue parler dans les toilettes avec une fille qui lui demandait des tuyaux sur son métier. Elle l'a méchamment rembarrée.

— Ah, le monde de la mode est rempli de divas, aussi bien devant que derrière les objectifs ! Mais si on passait aux choses sérieuses ? poursuivit-il en l'entraînant vers une toile de fond blanc tendue devant un mur en brique.

— Que voulez-vous que je fasse?

— Attendez une seconde que je mette l'éclairage.

Lorsque le projecteur s'alluma, Lilith se protégea instinctivement les yeux.

— Est-ce nécessaire?

— Oui, si vous ne voulez pas ressembler à une ombre. Surtout que vous avez des cheveux et des yeux fabuleux. J'aimerais les faire ressortir sur la pellicule.

Elle était si imbue de sa beauté qu'elle avait toujours trouvé normal de voir le commun des mortels se pâmer d'admiration devant elle. Pourtant, il y avait quelque chose chez Kristof qui donnait au moindre de ses compliments une valeur inestimable.

— Surtout, gardez cette expression! ordonna-t-il en la mitraillant. Votre visage irradie littéralement!

— C'est vrai?

— Je vous ai dit que je ne mentais jamais, à moins d'être amoureux. Et encore, jamais avant le troisième rendez-vous!

— Vous êtes terrible!

— C'est ça! Renversez la tête en arrière... Et si on faisait voler ces merveilleux cheveux?

Il mit en route un ventilateur qu'il orienta de manière que les boucles blondes semblent balayées par une douce brise d'été.

— Lili, maintenant, imaginez qu'un fil invisible vous tire le menton vers le plafond. Non, plus haut. Encore!

Parfait! Ne bougez plus. C'est superbe! Regardez ce joli cou de cygne!

Pose après pose, Lili levait la tête, la tournait, la baissait, cambrait les reins ou se déhanchait comme elle avait vu les mannequins le faire sur les chaînes de mode! Au début, elle se sentit gauche et mal à l'aise; peu à peu, encouragée par Kristof, elle prit confiance en elle.

— C'est ça, joue avec le boa! s'écria Kristof, passant au tutoiement dans son enthousiasme. Génial! Maintenant je veux que tu fasses la même chose en te déplaçant. Allez, bouge! Formidable! Ne te pose pas de questions, libère-toi! Attends une seconde, ma chérie…

Il courut vers le portant et revint avec une ombrelle en papier.

— Tiens, prends ça à la place du boa.
— Qu'est-ce que j'en fais?
— Ce que tu veux.

Lilith ouvrit l'ombrelle et se mit à avancer lentement comme une funambule sur un fil. Elle imaginait presque la sciure de la piste et les spectateurs qui retenaient leur souffle.

— Parfait! C'est absolument parfait! jubila Kristof en s'agenouillant. Tourne ton visage vers moi sans me regarder. Ne fronce pas le nez. Détends-toi. C'est ça!

Elle qui, en temps normal, détestait qu'on lui dise ce qu'elle devait faire, voilà qu'elle éprouvait un plaisir infini à obéir au moindre désir du photographe. Elle ne savait pas pourquoi, mais elle tenait à le satisfaire.

Alors qu'elle terminait son numéro imaginaire d'acrobate en saluant les spectateurs, les premières mesures de *Freeze Frame* résonnèrent dans la pièce.

Kristof plongea la main dans sa poche pour attraper son portable.

— Excuse-moi. Allô...

Les veines de son cou parurent doubler de volume tandis qu'il écoutait son interlocuteur.

— Quoi ?

Il leva les yeux vers les poutres apparentes du loft.

— Vous me faites marcher ? Quand est-ce arrivé ? Oui... oui... Et comment va-t-elle ? Les médecins ont dit quoi ?... D'accord... Faut pas s'étonner qu'elle soit tombée ! Karl, j'ai déjà retenu les coiffeurs et les maquilleurs... Jamais je ne pourrai me faire rembourser l'acompte que j'ai versé pour le local ! Vous connaissez nos impératifs aussi bien que moi... Elle ne sera pas rétablie à temps ! Et comment voulez-vous que je trouve un autre mannequin dans un délai aussi bref ?

Kristof se tut brusquement et jeta un coup d'œil vers Lilith qui feignait de ne pas écouter la conversation.

— Vous avez un ennui ? demanda-t-elle de sa voix la plus innocente.

— Ne quittez pas, Karl... J'ai peut-être quelqu'un qui pourrait nous dépanner. C'est une inconnue, mais elle a ça dans le sang!... Si elle est belle? Elle est à tomber! Elle n'a pas comme Gala le petit look de Barbie à Malibu! Elle a de la classe. Si on repoussait la séance d'un jour ou deux?... Je vous envoie par mail les photos que j'ai prises d'elle. Dites-moi vite si vous la voulez ou si on doit chercher quelqu'un d'autre. D'accord?... Génial! On se rappelle demain.

Kristof éteignit son téléphone et se retourna vers Lilith avec un sourire radieux.

— C'était le représentant de Maison d'Ombres aux États-Unis. Tu ne devineras jamais! Ta copine Gala est tombée dans l'escalier en rentrant chez elle, cette nuit. Elle devait encore avoir trop bu. Elle ne pourra pas retravailler avant trois mois. Bon, je sais que c'est un peu rapide, et que ça représente une sacrée promotion pour toi, pourtant je parlais sérieusement quand je disais que tu avais du talent. Non seulement tu as le physique, Lili, mais tu as le feu sacré. Ça se voit dans tes yeux. Tu es née pour la photo.

— Vous le pensez réellement? murmura-t-elle en faisant mine d'hésiter.

— Princesse, tu es douée au point que c'en est effrayant! Alors dis-moi que tu acceptes, Lili.

— Bon, d'accord, je veux bien.

Dire qu'elle avait eu l'intention d'utiliser ses pouvoirs hypnotiques pour le convaincre de lui offrir ce travail! Elle n'en revenait pas qu'il lui fasse spontanément une telle proposition. Jamais elle n'avait été aussi heureuse. Elle éprouvait un mélange d'excitation et d'exaltation bien plus enivrant que le shopping, le flirt et le plaisir de boire du sang réunis. Même se contempler dans un miroir ne lui procurait pas la montée d'adrénaline qu'elle ressentait devant l'objectif. Cependant son plus grand bonheur, c'était de pouvoir oublier qu'elle était Lilith Todd, la richissime héritière vampire, pour jouer à Lili Graves, une fille sans avenir précis et sans passé réel, mais devant qui s'ouvrait un monde d'opportunités sans limites. En tant que Lili Graves, elle était libre d'être qui elle voulait…

Que pouvait-elle rêver de plus exaltant?

— Je vais me chercher à boire, annonça Sergueï. Vous voulez quelque chose?

— Oui, un autre scotch, répondit Jules en lui tendant un verre taché de rouge*.

— Avec plaisir, camarade.

Une fois Sergueï hors de portée de voix, Carmen se pencha vers Jules, lui offrant une vue plongeante sur son décolleté. Elle posa la main sur sa jambe.

— J'ai bien cru qu'il ne partirait jamais, ronronna-t-elle. Ça fait si longtemps que je voulais te demander…

— Me demander quoi? murmura-t-il, gêné.

— Qu'est-ce que tu vas imaginer, idiot? Juste si tu veux bien être mon cavalier au bal des Ténèbres.

— Non! répondit-il sans l'ombre d'une hésitation.

Elle retira sa main et le dévisagea avec incrédulité.

— Mais je croyais que tu m'aimais! s'exclama-t-elle d'une voix chevrotante.

— J'adore m'amuser avec toi, ne confondons pas.

Elle se leva d'un bond et partit en courant tandis qu'il laissait échapper un soupir de soulagement.

— Où est passée Carmen? demanda Sergueï quand il revint avec leurs boissons.

— Elle est allée aux toilettes. Je crois que je l'ai fâchée. Je viens de refuser de l'escorter au bal des Ténèbres.

Sergueï secoua la tête d'un air désabusé.

— Ah, les nanas! Elles sont pas faciles à comprendre. Surtout dans ce pays! Elles se laissent trop influencer par les médias. Les Fondateurs avaient raison: le harem, c'est la seule solution! Comme ça, y a plus de risque de se faire mettre le grappin dessus par une seule!

— Tu rêves! s'esclaffa Jules. Si j'avais plusieurs femmes, je parie que je passerais mon temps à les séparer et que je n'aurais pas une seconde de paix.

— Tiens, à propos, où est Lilith?

— Elle doit venir me retrouver plus tard. Elle avait un truc à régler.

Sergueï posa son verre et passa le salon en revue.

— J'ai envie d'essayer le Viral. Tu sais, le nouveau club dont un pote m'a parlé. Tu m'accompagnes?

— Prenons ma limousine. Tu as l'adresse?

Chapitre 6

Le Viral était situé dans le quartier branché de Meatpacking. Jules et Sergueï se dirigèrent vers le salon mezzanine d'où l'on avait une vue imprenable sur la piste de danse illuminée de lumières fusantes.

— J'adore ! déclara Jules en contemplant la foule de jeunes femmes et d'étudiantes aux tenues sexy.

Il écarquilla brusquement les yeux lorsqu'il aperçu un jeune Asiatique bien habillé en grande conversation avec un Noir coiffé de dreadlocks qui lui tombaient à la taille.

— Tu vois ce que je vois ?

— Oui, ce sont des garous, y a pas de doute. Le plus jeune doit être le fils du chef des tigres-garous de Chinatown. Quant au lion-garou, je ne l'avais encore jamais vu.

Au même moment, le tigre-garou se tourna et leva la tête vers eux. Bien que les garous et les vampires aient de lointaines origines communes, leurs relations étaient tendues. Il les dévisagea un long moment avant de poursuivre sa conversation. Avec un soupir de soulagement, Jules reprit son examen de la salle.

— Waouh! Qui c'est, cette fille canon? demanda Sergueï en lui donnant un coup de coude.

Jules suivit son regard. Son cœur se mit à battre la chamade.

— C'est la nouvelle de Bathory, répondit-il d'un ton le plus neutre possible.

La dernière fois qu'il avait croisé Cally Mount, c'était quand elle s'était introduite en douce dans son école. Et dès qu'il avait croisé ses yeux verts, il s'était senti attiré par elle.

— Tu veux dire qu'elle est des nôtres?

Jules haussa les épaules.

— Pas exactement. C'est une Sang-Neuf.

— Il paraît que les Sang-Neuf sont des filles faciles. Alors bouge pas et regarde opérer le Maître! crâna Sergueï. Tu vas voir la classe!

Cally contemplait la foule en attendant Melinda qui était partie leur chercher à boire. Elle portait une mini-jupe en soie noire rehaussée de fleurs écarlates avec un pull à col cheminée noir et des bottes en daim Marc Jacobs qu'elle avait dénichées à une vente de charité. On lui tapota l'épaule. Elle se retourna. Un superbe brun aux yeux sombres et aux cheveux longs, vêtu d'un pantalon en cuir moulant et d'un blouson d'aviateur, se pencha vers elle, un portable à la main.

— Pardon, mademoiselle. Mon téléphone a un gros problème…

— Lequel ?

— Il n'a pas votre numéro, déclara-t-il avec un sourire à faire fondre la reine des glaces en personne.

Elle éclata de rire.

— Belle réplique, Roméo ! Si tu allais plutôt l'essayer sur une fille de ton genre, hein ? Tiens, comme celles-là ! ajouta-t-elle avec un geste vers une tablée de filles délurées qui riaient aux éclats en sirotant des cocktails pastèque… martini.

— Les caillots ne m'intéressent pas, poupée ! Dis, t'as déjà fait ça avec un vrai vampire ?

Elle recula, piquée au vif.

— Pardon ? Qu'est-ce que tu veux dire par « vrai » ?

— T'es déjà sortie avec un Sang-de-Race ?

Soudain, un visage familier apparut derrière l'épaule du tombeur. Cally reconnut Jules de Laval, le petit ami de Lilith. Elle lui sourit en songeant à leur dernière rencontre dans les couloirs de Ruthven.

— Ce type t'importune ? demanda-t-il.

— Plutôt !

— T'as entendu la demoiselle, Sergueï ? Alors, dégage !

ordonna Jules en pointant le pouce par-dessus son épaule tel un arbitre envoyant un joueur sur la touche.

— Tu n'as pas le droit de m'éliminer! gronda Sergueï à mi-voix.

— Oh, parce qu'il existe un règlement? Ça a dû m'échapper...

— Qu'est-ce que tu fais là? s'enquit Cally.

— Je voulais juste connaître ce nouveau club. Et toi? T'es toute seule?

— Non, je suis venue avec Melinda. Elle ne devrait pas tarder...

— Tu n'aurais pas besoin d'un cavalier pour le bal des débutantes, par hasard? proposa-t-il de but en blanc.

Cally commença par rire à sa suggestion, mais, devant son expression, sa gaieté s'envola.

— Écoute, j'ai déjà assez de problèmes avec Lilith. Et après l'épisode de la caverne...

— Quel épisode?

Cally scruta son visage.

— Tu n'es pas au courant? Laisse tomber! En tout cas, elle m'en veut déjà bien assez comme ça.

— Me feras-tu au moins le plaisir de danser avec moi?

— Je viens de te dire que je ne voulais pas provoquer Lilith.

— Elle n'est pas là et je te jure de ne rien lui dire, insista-t-il avec un sourire espiègle.

Cally haussa les sourcils.

— D'accord, mais rien qu'une fois.

— Promis.

Au moment où il la prenait par la main, Melinda surgit devant eux et tira Cally par l'autre bras en fusillant Jules du regard.

— J'ai besoin de me repoudrer le nez. Viens avec moi!
— Mais...
— Pas de discussion!

Elle l'entraîna tambour battant et claqua la porte des toilettes derrière elles.

— À quoi tu joues? explosa-t-elle.
— Je voulais danser avec lui, c'est tout.

Melinda vérifia d'un coup d'œil circulaire que personne ne les entendait et se pencha vers elle.

— Peut-être que c'est tout ce que tu voulais, toi. Mais autant te le dire franchement: tu ne peux pas faire confiance à Jules. C'est un chien. Pire: un loup! Et je ne dis pas ça parce que c'est son totem! Son passe-temps, c'est de tromper Lilith dans son dos, de préférence avec ses copines. La moitié de Bathory lui est déjà passée dans les bras!

Cally ne put réfréner sa curiosité.

— Et il a essayé avec toi?
— Évidemment! Et il s'est pris une gamelle. Faut pas te laisser impressionner par son physique avantageux et ses quartiers de noblesse, il n'a rien du Prince Charmant. Quand je l'ai envoyé paître, il a fait courir le bruit que

j'étais lesbienne. Du coup, il s'est rabattu sur Carmen. Faut dire qu'il n'a pas eu à la supplier. Ça fait deux mois qu'ils sortent ensemble en cachette.

— Berk!

— Malgré leurs grands airs, les Laval ont désespérément besoin de la saigneurie* des Todd s'ils veulent survivre au changement de millénaire. Comme Jules ne peut pas larguer Lilith, quand elle l'enquiquine, il se venge en jetant son dévolu sur une de ses amies. Chaque fois, elle pique une crise, mais comme elle a peur de le perdre, elle revient en jouant les filles soumises et amoureuses. Ils se réconcilient et c'est reparti pour un tour.

— Mais pourquoi s'intéresse-t-il à moi? Je ne fais pas partie de la bande de Lilith!

— Si ça la panique de le voir batifoler avec ses amies, t'imagines le drame si elle découvrait qu'il en pince pour une fille qu'elle déteste!

— Écoute, c'est gentil de m'avoir prévenue, mais rassure-toi, je ne risque pas de succomber aux charmes de Jules. J'ai déjà un petit ami.

Les yeux de Melinda brillèrent de curiosité.

— Comment s'appelle-t-il? Je le connais?

Cally hésita. Bien qu'elle ait très peur qu'on découvre son secret, elle avait besoin de parler de Peter à quelqu'un.

— Je ne peux pas te dire son nom parce que nous ne sommes pas censés sortir ensemble. Il est un peu plus âgé que moi et super craquant. Il est hyper gentil et compréhensif...

— Il va à Ruthven?

— Non. Il... il est de mon ancienne école, s'empressa-t-elle d'ajouter en s'apercevant qu'elle parlait trop. Au fait, c'était qui le tigre-garou avec qui tu parlais au bar? demanda-t-elle, désireuse de détourner la conversation.

Le sourire de Melinda s'évanouit et Cally comprit qu'elle n'était pas la seule à avoir une vie amoureuse compliquée.

— Je t'en supplie, ne répète à personne que tu nous as vus ensemble.

Cally la rassura d'une pression de la main.

— Ne t'inquiète pas, je ne dirai rien. Oh! s'exclama-t-elle en regardant sa montre, feignant la surprise. Il est déjà si tard? Il faut que je rentre! Je n'ai pas fini mon devoir de scriberie. À demain, Melinda!

Cally se précipita hors des toilettes et gagna la sortie du club. Au moment où elle allait atteindre la porte, Jules émergea de la foule et lui coupa la route.

— Tu pars déjà? Tu veux que je te raccompagne?

— Merci, ça ira.

— Je pourrais voir ton téléphone une seconde?

— Pourquoi? s'étonna-t-elle en obéissant machinalement.

En guise de réponse, Jules pianota sur le clavier.

— Qu'est-ce que tu fais?

— Je te donne mon numéro. Comme ça, si tu changes d'avis pour le bal, t'auras qu'à m'appeler.

Au moment où elle lui reprenait l'appareil, il lui saisit le poignet, l'attira brutalement à lui et écrasa ses lèvres sur les siennes. Sa première réaction fut de le repousser. Puis, emportée par l'ardeur de son baiser, elle se plaqua contre lui. Tout aussi brutalement, il s'écarta d'elle et, avec un clin d'œil, disparut dans la foule, la laissant sur sa faim...

Cally passa devant les gens qui faisaient la queue à l'entrée du club, bouleversée. Elle brûlait d'envie de le rejoindre. Non, si elle craquait, elle ne vaudrait pas mieux que sa mère et elle s'était bien juré de ne pas se conduire comme elle.

Jules ne lui attirerait que des ennuis. Non seulement c'était un coureur à qui elle ne pourrait jamais accorder sa confiance, mais, en plus, il devait épouser sa pire ennemie. Et celle-ci avait déjà tenté de la tuer alors qu'il n'avait fait que lui baiser la main.

Pourtant, elle devait reconnaître qu'elle appréciait sa compagnie. Il avait le sens de l'humour et elle le trouvait beaucoup plus drôle que Peter. Cela dit, comme elle ne pouvait jamais aller s'amuser nulle part avec Peter en dehors du cimetière, ce jugement était sans doute injuste !

Cally s'arrêta et secoua la tête. Qu'est-ce qui lui arrivait ? Comment osait-elle comparer les deux garçons ? La relation qu'elle partageait avec Peter était infiniment plus profonde que la simple attirance physique qu'elle éprouvait pour Jules. Peter était la seule personne au monde, en dehors de sa mère et de sa grand-mère, à savoir qui elle était vraiment. Et il se moquait qu'elle soit mi-humaine mi-vampire.

Même si un sang pur de vampire ne coulait pas dans ses veines, elle vivrait des siècles, ce qui signifiait qu'elle verrait vieillir et mourir tous les humains auxquels elle s'attacherait, y compris Peter.

Cally avait adoré sa grand-mère et l'idée de revivre un jour un chagrin aussi intense lui nouait l'estomac. Comment les humains pouvaient-ils supporter de voir décliner et disparaître les êtres qu'ils aimaient ?

Il existait cependant une solution si elle ne voulait pas perdre Peter : le transformer en mort-vivant. Encore fallait-il qu'une hybride* comme elle en ait le pouvoir. Cependant, était-ce bien judicieux ? Et si jamais tout ce qui lui plaisait en Peter s'évanouissait une fois qu'elle l'aurait métamorphosé ? Que ferait-elle ?

Perturbée par ces pensées, elle éprouva un besoin pressant d'entendre sa voix afin de dissiper les doutes qui la rongeaient. Elle s'arrêta devant l'entrée d'un immeuble et composa rapidement son numéro.

Une sonnerie… une autre… Décroche !

— Salut…

— Peter ! Désolée de t'appeler si tard…

— … je ne peux pas vous parler pour le moment, mais laissez-moi un message…

Elle referma l'appareil d'un coup sec et fronça les sourcils. Peter lui répondait toujours, quelle que soit l'heure. Mais elle n'eut pas le loisir de s'interroger sur la raison de son silence. Soudain, un cri déchira la nuit.

Elle sortit du renfoncement et vit Melinda courir vers le fleuve, poursuivie par trois silhouettes armées d'arcs à poulies.

Tandis que le commando s'engageait à sa suite sur la jetée, la vampire leur fit brusquement face en crachant de colère. Leurs armes pointées sur leur cible, les trois chasseurs, deux hommes et une femme, se déployèrent aussitôt en éventail pour lui couper toute retraite.

À l'instant où le chef criait « Tuez-la ! », leur proie tomba à quatre pattes et se changea en panthère noire. Et, sans leur laisser le temps de tirer, elle bondit sur le meneur et planta ses crocs dans sa gorge. Il hurla de terreur tandis qu'elle le renversait.

— Drummer ! brailla la femme en visant la créature qui attaquait son ami.

Les flèches lancées par son arc s'enfoncèrent dans le flanc et la patte de la panthère. Celle-ci feula de douleur et lâcha sa victime.

Alors que les chasseurs s'apprêtaient à tirer de nouveau, un rugissement retentit derrière eux et un tigre-garou sauta par-dessus Drummer pour s'interposer entre eux et leur gibier, protégeant la panthère de son corps.

— Samantha, appelle des renforts! hurla le plus jeune des deux hommes.

— Nid d'aigle, ici le commando Delta! cria la femme dans son oreillette tout en rechargeant son arc. Drummer a été abattu. Je répète : Drummer a été abattu. Envoyez-nous vite des secours. Terminé!

Les flèches transpercèrent la poitrine du tigre-garou. Il poussa un râle d'agonie et s'effondra sur le flanc.

La panthère se remit sur ses pattes et pressa son museau contre celui du tigre. Malgré ses souffrances, il ferma ses yeux jaunes fluorescents et ronronna. La panthère redressa alors la tête et fixa le jeune chasseur dans les yeux. Il souleva son arme, mais elle lui parut très lourde, presque trop lourde pour lui. Il sentit sa prise s'affaiblir...

— Te laisse pas faire! hurla Samantha en le bousculant. Elle essaie de t'hypnotiser!

Elle leva son arc, mais à la seconde où elle s'apprêtait à tirer, elle perçut une forte odeur d'ozone et sentit les poils de ses bras et de son cou se hérisser. Une douleur fulgurante lui vrilla le corps, comme si des millions d'aiguilles incandescentes pénétraient dans sa chair.

Peter Van Helsing vit avec horreur sa coéquipière s'effondrer, foudroyée. Il fit volte-face, prêt à décocher ses traits sur le monstre derrière lui. Il se pétrifia en reconnaissant Cally, à une demi-douzaine de mètres de lui, une boule d'électricité crépitant au creux de sa main.

Les deux amoureux se dévisagèrent. Entendant un battement d'ailes, ils levèrent la tête : une énorme gargouille fonçait vers eux depuis l'autre rive. C'était Talus, le féroce animal de compagnie de Christopher Van Helsing, envoyé en réponse au SOS de Samantha. Cally et Peter échangèrent un bref regard. Il décocha ses flèches au-dessus d'elle tandis qu'elle envoyait la boule de feu sur une roue à aubes décorative qui s'illumina comme la grande roue d'une fête foraine.

Peter ferma les yeux, ébloui. Quand il les rouvrit, Cally avait disparu. Il s'agenouilla à côté de Drummer et, ne sentant plus battre son pouls, se précipita vers Samantha. Elle respirait à peine. Il se releva et observa l'endroit où avaient été abattus le tigre-garou et la panthère. Il ne distingua que quelques flèches et des touffes de poils ensanglantés.

Lilith poussa un juron en faisant tourner le mélange d'AB négatif et de bourbon dans son verre. Au nom de tous les Fondateurs, où étaient passés les autres ? Il y avait un quart d'heure qu'elle poireautait au Clocher et toujours aucun signe de ses amis. Au moment où elle s'apprêtait à appeler Jules pour lui faire une scène, elle le vit monter l'escalier.

— Où étais-tu ? Je t'ai cherché partout ! marmonna-t-elle tandis qu'il s'asseyait à côté d'elle. Tu viens d'arriver ?

— Non, j'étais là de bonne heure, mais je suis allé découvrir un nouveau club VIP avec Sergueï.

— Tu y as croisé des gens intéressants ?

— Personne. Ça fait longtemps que tu m'attends ?

— Une demi-heure, mentit-elle à son tour avec une moue boudeuse. J'ai cru que tu m'avais oubliée.

Il lui sourit de son petit air irrésistible et lui prit la main.

— Désolé. Alors, qu'est-ce que tu as fait de beau avant ?

— Je cherche toujours ma robe pour le bal des Ténèbres. Pff! Figure-toi que ma mère a décidé d'écourter ses vacances pour assister à la fête.

Connaissant leurs relations houleuses, Jules haussa un sourcil.

— Et elle va rester longtemps ?

— Jusqu'à la fin des fêtes.

— Quelle barbe! Tu as demandé à ton paternel si tu pouvais passer la Longue Nuit avec moi dans notre chalet de Vail ?

— Tu ne devais pas y aller uniquement si tu remontais ta moyenne en chimie ?

— C'est dans la poche. Exo me file un coup de main.

— Il te donne des cours ou il fait tes devoirs à ta place ?

— Il fait mes devoirs, reconnut-il piteusement. Mais je les recopie de ma main.

— Génial! Finalement, y a pas que des inconvénients à avoir un intello qui vous colle aux baskets!

— Alors tu vas demander à ton père si tu peux partir avec moi?

— J'sais pas... Papa tient beaucoup à ce qu'on passe la Longue Nuit en famille. C'est son côté vieille Europe.

— Si tu insistes, il te laissera y aller. Il ne te dit jamais non, Lilith, tu le sais bien. Après tout, tu es sa fille unique. Comment pourrait-il te refuser quoi que ce soit?

— Cally! Dieu soit loué, tu es rentrée! Je commençais à m'inquiéter!

Cally soupira en voyant sa mère trépigner dans le couloir. La nuit avait été dure et elle tombait de fatigue.

— Maman, c'est pas le moment! Je veux juste prendre une douche et dormir.

— Cally, c'est impossible! Nous avons un visiteur.

Cally dévisagea sa mère. Depuis deux ans qu'elles vivaient dans cet appartement, aucun étranger n'avait jamais mis les pieds chez elles.

— Il t'attend dans le salon, ajouta doucement Sheila en montrant un homme élégant assis sur la méridienne.

L'inconnu se leva et s'avança vers elle. Grand, bien bâti, entre trente-cinq et quarante ans, avec des cheveux bruns qui grisonnaient aux tempes, un visage à la fois inquiétant et séduisant, une bouche expressive et des yeux...

des yeux que Cally reconnut aussitôt : ils étaient de la même couleur que les siens.

Il lui sourit et lui tendit la main.

— Bonjour, Cally. Je suis ravi de faire enfin ta connaissance. Je m'appelle Victor Todd. Je suis ton père.

Chapitre 7

Depuis sa plus tendre enfance, Cally rêvait de cette rencontre. Elle imaginait son père en beau, riche et puissant seigneur vampire, à mi-chemin entre James Bond et Dracula.

Pour une fois, la réalité correspondait à ses espoirs. Parmi tous les candidats possibles, Cally n'aurait jamais osé songer que son père puisse être Victor Todd, l'homme qui avait réussi à propulser la race vampire dans l'ère spatiale. Et s'il était son père...

— Lilith est ma sœur ! s'exclama-t-elle.

Prise de vertige, elle s'assit sur la méridienne.

— Ta demi-sœur, précisa-t-il doucement.

De la multitude de questions qui se bousculaient dans sa tête, la seule qui lui vint aux lèvres était la plus douloureuse.

— Pourquoi avez-vous attendu si longtemps pour venir me voir ?

Il s'assit à côté d'elle.

— Quand je suis reparti vivre avec ma femme, j'ignorais que ta mère était enceinte, Cally. Je n'ai appris ton existence qu'après la mort de ta grand-mère, quand Sheila m'a enfin contacté.

— Il dit la vérité, Cally, confirma celle-ci. Ta grand-mère m'avait interdit de lui parler de toi. Ensuite, elle a tout fait pour te monter contre lui. Tu as cru que ton père ne s'intéressait pas à toi, alors qu'il ignorait ta naissance.

— Mais pourquoi ne m'avoir rien dit après la mort de grand-mère?

— À cause de ma femme, soupira Victor. Irina n'aurait pas hésité à te tuer. Pour elle, tu représentes une terrible menace.

— Dans ce cas, pourquoi m'avoir inscrite à l'Académie Bathory? Nous n'arrêtons pas de nous affronter depuis mon arrivée, Lilith et moi.

— Je l'ai fait uniquement pour te protéger.

— Me protéger? Mais de quoi?

— J'ai appris le mois dernier par un de nos espions que Christopher Van Helsing te recherchait. Il voudrait débarrasser définitivement le monde des vampires grâce à toi.

Cally sentit son estomac se nouer en entendant ce nom.

— Chris Van Helsing! s'exclama Sheila. Qu'est-ce que ce malade veut à ma fille?

— C'est une longue histoire. Pour résumer, Cally, en

tant que petite-fille de sorcière et fille de vampire, pourrait avoir hérité de la Main Noire.

— Qu'est-ce que c'est ? s'inquiéta Cally.

— Il s'agit d'un pouvoir aussi rare que dangereux qui permet à celui qui le détient de tuer qui il veut, humain ou vampire, simplement en le touchant. Pieter Van Helsing le possédait. C'est ainsi qu'il a décimé notre peuple. Quand il a détruit l'Académie Bathory et le cours Ruthven, en 1835, ton grand-père Adolphus s'est enfin décidé à l'éliminer. C'est à ce moment-là qu'il l'a tué et saigné* pour usurper* sa saigneurie et ses pouvoirs.

— Est-ce que votre père a hérité de la Main Noire après lui ? demanda Cally.

Victor secoua la tête.

— Non, pas plus que moi, d'ailleurs, ou que Lilith. C'est toi qui l'as.

— Alors là, je vous arrête tout de suite ! protesta Cally avec véhémence. Comment pourrais-je avoir ce machin sans le savoir ? J'ai découvert mes dons de jeteuse de foudre vers treize ans. C'est impossible que je possède ce pouvoir sans m'en être aperçue.

— Et pourtant, j'ai bien peur qu'il ne se soit déjà manifesté, Cally... Tu ne t'en es pas rendu compte, c'est tout.

Victor sortit de sa veste un bout de parchemin plié en quatre qu'il lui tendit.

— J'ai reçu récemment ceci de Mme Nerezza. C'est un rapport de ton professeur d'EPS, Mme Knorrig.

Lis-le. Il décrit une manifestation de la Main Noire quand tu étais en transe lors de ton test d'évaluation. T'en souviens-tu ?

— Il s'est en effet passé un truc bizarre quand j'ai voulu me transformer en loup. Je n'ai rien compris.

— Ton professeur non plus, apparemment. Mais ta directrice a reconnu la Main Noire dès qu'elle a lu son rapport. Heureusement, c'est une vieille amie de la famille et je peux compter sur elle pour garder le secret. Néanmoins, j'ai des raisons de croire qu'un membre du personnel a transmis une copie de ce document à Vinnie Maledetto. D'où sa sollicitude subite envers toi. Il espère ainsi gagner ta confiance et t'enrôler dans la Strega.

— Non! C'est faux! Si les Maledetto sont gentils avec moi, c'est parce que j'ai aidé une des jumelles à reprendre une apparence humaine quand elle s'est retrouvée coincée avec une tête de chauve-souris. Vinnie... euh... je veux dire M. Maledetto, m'a fourni un chauffeur pour me remercier d'avoir secouru Bette.

— D'accord, c'était peut-être désintéressé au départ, mais crois-moi, avec Vinnie Maledetto, ça ne le reste jamais longtemps. Cet homme possède une faculté inouïe de détourner à son profit les pouvoirs de destruction des autres. Et toi, ma chérie, tu détiens le plus dangereux de tous, et de loin. Tu ne peux pas leur faire confiance, Cally, ni au père, ni au fils, ni même aux filles. Ta mère m'a dit que tu sortais avec le fils...

— Quoi?

Cally en resta sans voix. Elle avait complètement oublié qu'elle avait lancé Sheila sur cette fausse piste pour cacher ses rendez-vous avec Peter.

— Ces gens-là sont les ennemis jurés de tous ceux qui ont ne serait-ce qu'une goutte du sang des Todd dans leurs veines. Voilà pourquoi tu dois couper les ponts avec cette famille maudite.

— Mais Bella et Bette sont mes amies!

— Je comprends combien tout cela est perturbant pour toi. Tu penses sans doute que je n'ai aucun droit de venir te dire qui tu dois fréquenter et je ne saurais te blâmer. Jusqu'à présent, je n'ai guère rempli mes devoirs de père envers toi. Mais rassure-toi, ça va changer.

Son regard s'adoucit tandis qu'il lui soulevait le menton afin qu'elle le regarde dans les yeux.

— J'ai vu tes notes et les appréciations de tes professeurs, Cally. Tu es une fille extrêmement intelligente et douée, que tu possèdes ou non la Main Noire, et je suis fier d'être ton père. Fassent les Fondateurs que tu puisses me pardonner tout le mal que je t'ai fait au fil des années! Quoi qu'il en soit, tu dois me croire: c'est pour ton bien que je te demande de cesser toute relation avec les Maledetto.

Cally inspira à fond. Elle avait imaginé toutes sortes de scénarios pour ces retrouvailles avec son père. Les larmes, les reproches, la joie mêlée d'amertume... Pas une seconde elle n'avait envisagé qu'il lui demanderait de rejeter ses amis !

Elle faillit lui dire d'aller au diable. Elle s'en était bien sortie sans lui jusqu'à présent. Mais s'il décidait alors de ne plus s'occuper d'elle ? Elle avait passé sa vie à attendre qu'il se manifeste, elle n'allait pas risquer de le perdre déjà !

— D'accord, je vous obéirai, déclara-t-elle.

Il sourit et lui ouvrit les bras. Elle s'avança et frotta sa joue contre le revers de son costume tandis qu'il la serrait contre lui.

— Je reconnais bien là ma petite fille chérie ! déclara-t-il avec un sourire de satisfaction en lui caressant les cheveux. D'ailleurs, il serait grand temps que tu me tutoies !

Cally ferma les yeux et soupira de bonheur. Il avait même la bonne odeur de père dont elle avait rêvé !

Chapitre 8

En fin de journée, lorsque Lilith descendit prendre son petit déjeuner, elle eut une surprise désagréable. Sa mère l'attendait dans la salle à manger, un verre en cristal dans une main, son stylo dans l'autre. Elles ne s'étaient pas vues depuis un mois et demi et s'en portaient toutes les deux très bien.

— Bonjour, Lilith, la salua Irina Viesczy-Todd, en levant à peine les yeux de sa grille de mots croisés.

Avec ses pommettes saillantes et ses longs cheveux blonds artistiquement ramenés en chignon sur le sommet de sa tête, elle paraissait à peine une trentaine d'années alors qu'elle en avait cent cinquante.

— Bonjour, mère, répondit Lilith d'un ton maussade.

— Inutile de faire cette tête de victime ! Quelle mère serais-je si je n'assistais pas aux débuts de ma fille unique dans le monde ? D'autre part, tu ne devineras jamais qui m'a envoyé un message alors que je jouais au casino de

Monte-Carlo. Mon ancienne camarade de classe Verbena Mulciber!

Lilith releva la tête.

— Tu veux parler de ma prof d'alchimie?

— En personne! Elle tenait à m'informer de tes résultats désastreux à l'école.

— J'ai du mal à me concentrer depuis la mort de Tanith, répondit Lilith alors qu'une domestique mort-vivant posait devant elle un verre en cristal rempli de sang chaud.

Irina claqua de la langue pour marquer sa désapprobation.

— Vous ne vous rendez pas compte à quel point vous êtes gâtés, les jeunes d'aujourd'hui! À ton âge, j'avais déjà vu exterminer la moitié de mes camarades de classe. Et si je m'étais laissé abattre par le chagrin, je serais encore en Russie à saigner les paysans d'un kolkhoze perdu au fin fond des steppes. L'Académie Bathory est une des écoles de jeunes filles les plus réputées de la planète. Et sa fondatrice n'étant autre que ta grand-tante Morella, tu pourrais au moins nous éviter l'humiliation d'un renvoi.

— Si cette école est aussi réputée que tu le prétends, je ne comprends pas pourquoi on y accepte les Sang-Neuf! riposta Lilith.

— Quels Sang-Neuf? s'exclama Irina en jetant autour d'elle des regards affolés comme si la pièce était subitement envahie de ninjas. Il y a des Sang-Neuf à Bathory?

— Au moins une. Elle s'appelle Cally, précisa Lilith, ravie de mettre ainsi en avant la fille naturelle de son père.

— Il ne manquait plus que ça ! Je vais dire à ton père d'exiger sans délai des explications de la directrice. Nous ne la payons pas pour qu'elle te fasse fréquenter des bonnes à rien !

— Je suis contente que tu prennes à cœur cette histoire !

— Quoi qu'il en soit, reprit Irina, cela n'excuse pas tes résultats déplorables. Ton père et moi attendons de toi une nette amélioration de tes notes après le bal, jeune fille. Tu passes beaucoup trop de temps à t'amuser et pas assez à étudier ! D'ailleurs tu ferais bien d'aller voir si Bruno t'a amené la voiture, il serait temps d'aller en cours.

Lilith attrapa son sac de livres et partit sans demander son reste. Une fois dans l'ascenseur, elle se réconforta en songeant à la pagaille qu'elle pouvait semer grâce à Cally. Finalement le séjour de sa mère ne se présentait pas si mal ! Elle avait hâte de voir comment son père se démènerait pour empêcher celle-ci de découvrir son sale petit secret !

À peine entrée dans la salle du cours d'antidétection de Mme Boucher, Cally aperçut Lilith assise sur un bureau qui parlait avec Carmen. Elle détourna aussitôt les yeux, gênée par ce qu'elle avait appris sur Carmen et Jules. Bella Maledetto l'appela depuis le fond de la classe en montrant la place libre à côté d'elle. Tandis qu'elle se dirigeait machinalement vers elle, elle se souvint de la promesse faite à son père et obliqua vers Annabelle Usher. Elle soupira à la vue du regard peiné de Bella et détourna la tête. Une période difficile et solitaire commençait pour elle. Elle se consola en songeant qu'elle pourrait prouver ainsi sa loyauté à son père et gagner son affection.

— Bonsoir, mesdemoiselles, les salua Mme Boucher, une petite femme fine au chignon démodé. Nous avons déjà étudié différentes méthodes antidétection. En particulier comment feindre d'être mortes pour réapparaître sous les traits d'une jeune parente de la disparue, sa nièce ou sa petite-fille. Aujourd'hui, nous allons nous concentrer sur le camouflage et l'élaboration de fausses pistes. Je vais vous entraîner à ces méthodes jusqu'à ce qu'elles vous deviennent aussi naturelles que respirer ou voler. Quand j'avais votre âge, nous étions beaucoup moins faciles à repérer. À cette époque, les surfaces réfléchissantes étaient moins nombreuses. Le verre et l'acier n'avaient pas encore détrôné le bois et la pierre.

Le professeur fit signe à un mort-vivant vêtu de la livrée de l'école. Il fit rouler vers elle un grand objet plat recouvert d'un drap.

— Mesdemoiselles, il est temps de faire connaissance avec votre ennemi !

Mme Boucher retira le tissu d'un coup sec et révéla un miroir en pied.

Des élèves laissèrent échapper un cri. Deux ou trois crachèrent en se protégeant le visage.

Comme elle avait été élevée au milieu des miroirs, Cally ne réagit pas. Elle remarqua alors que la seule autre fille à ne pas être incommodée était Lilith.

— Vous n'avez aucune raison d'avoir peur, insista le professeur.

Elle s'avança vers le miroir qui ne réfléchit que ses vêtements : on aurait dit que sa jupe en tweed, son chemisier en soie et son cardigan flottaient dans l'air.

— La forme de camouflage la plus commune consiste à se servir des vêtements, par exemple les capuches, pour se dissimuler intelligemment. Il faut savoir aussi profiter de la foule. Qui remarquera que vous ne vous reflétez pas dans la glace d'une vitrine de la Sixième Avenue quand des dizaines de personnes sont attroupées devant ? Mais d'abord vous devez vous habituer à votre reflet pour comprendre ce que les humains voient ou non dans un miroir. Combien d'entre vous ne se sont jamais regardées dans une glace ?

Annabelle Usher leva une main tremblante.

— Pas possible, Usher ! Qui l'eût cru ? ricana Lilith.

Annabelle était la dernière descendante d'une grande dynastie déchue. Sa famille ne possédait plus aucun serviteur et elle n'avait personne pour vérifier son allure avant de sortir de chez elle. On aurait dit une poupée Barbie tombée entre les mains d'un petit garçon sadique.

— C'est comme la danse classique : pour matérialiser vos erreurs, vous devez les voir de vos yeux. Alors formez une file et passez l'une après l'autre devant ce miroir. Je veux que vous vous regardiez de face, de profil et de dos. À vous l'honneur, mademoiselle Usher.

Les élèves quittèrent leurs bureaux et s'alignèrent dans l'allée derrière Annabelle. Celle-ci s'arrêta devant le miroir, les yeux rivés sur ses chaussures.

— Levez la tête et regardez-vous, Annabelle. Vous n'avez rien à craindre, la rassura gentiment Mme Boucher.

Annabelle obéit à contrecœur et remonta les yeux sur ses jambes puis son torse jusqu'à ce qu'elle arrive à son visage. À la vue de ses sourcils grossièrement dessinés et de ses joues rouges de clown, elle fondit en larmes et s'enfuit en courant.

— C'est incroyable! Cette idiote ne savait même pas qu'elle était affreuse! gloussa Lilith en se plantant devant le miroir.

Au lieu de trembler ou de grimacer, elle se dévisagea et repoussa ses cheveux d'un geste désinvolte.

— Excellente réaction, Lilith! la félicita Mme Boucher. Belle démonstration d'assurance et de confiance en vous!

En la regardant regagner son bureau, Cally s'en voulut de toutes les méchancetés qu'elle avait dites et pensées sur elle, sans parler du baiser torride qu'elle avait échangé avec son petit ami la veille. Elles étaient sœurs, après tout. Même si Lilith l'ignorait, elle, elle le savait et on lui avait inculqué le respect des liens familiaux.

— Bravo, Lilith! lança-t-elle. Quelle aisance!

Lilith lui décocha une œillade assassine comme si elle lui avait craché à la figure.

— Qu'est-ce que tu insinues, la Sang-Neuf? Que je passe mon temps à me regarder dans les glaces?

— Je voulais juste te faire un compliment, Lilith.

— Qu'est-ce qui te prend de jouer les lèche-bottes, Mount?

— Mademoiselle Todd! Mademoiselle Mount! Que se passe-t-il? intervint Mme Boucher en s'avançant pour les séparer.

— Elle dit que je passe mon temps à me regarder!

— Quelle menteuse! protesta Cally.

— Mademoiselle Mount, je vous défends d'agresser vos camarades!

— Mais…

— Plus un mot, mademoiselle Mount, la coupa le professeur en agitant un doigt menaçant. Je ne laisserai aucune élève perturber mon cours, est-ce clair?

— Oui, madame.

Cally se mordit la langue pour ne rien ajouter et elle baissa poliment les yeux.

— C'est pas étonnant de la part de la fille d'une traînée! ricana Lilith.

Un éclair jaillit de la main de Cally. L'espace d'une seconde, elle faillit le jeter sur Lilith. Puis, tel un cow-boy faisant claquer un fouet, elle envoya la décharge mortelle dans la direction opposée. L'éclair frappa le miroir qui éclata en mille morceaux. Les élèves s'éparpillèrent dans toutes les directions, affolées.

— Mon miroir! gémit Mme Boucher. Petite idiote! C'était un authentique Chippendale!

— Je... je suis désolée, madame, bredouilla Cally en contemplant les restes fumants. C'est un accident.

Mme Boucher regagna précipitamment son bureau et, d'une main fébrile, rédigea une note sur un parchemin. Elle le roula et le tendit au serviteur qui avait apporté le miroir.

— Sortez, Mount! Gustave, accompagnez-la chez la directrice. Et profitez-en pour demander qu'on vienne nettoyer.

Tandis qu'il l'entraînait hors de la salle, Cally jeta un coup d'œil derrière elle et vit Lilith qui souriait d'un air triomphant, entourée de Carmen, Lula et Armida.

La directrice portait un sobre tailleur de tweed gris gansé de velours noir. Elle lut attentivement le message de Mme Boucher et leva la tête pour considérer d'un œil sévère Cally qui se tenait debout devant elle, les mains dans le dos.

— Comme vous le savez, mademoiselle Mount, l'Académie Bathory est une zone de non-représailles. Il vous est donc strictement interdit d'utiliser vos pouvoirs contre une de vos camarades.

— Oui, madame, je le sais. Et je suis sincèrement désolée de ce qui s'est passé. C'était un accident. Tout ce que j'ai pu faire, c'est empêcher l'éclair de blesser quelqu'un…

— Peu importe ! Votre comportement mérite une suspension définitive.

— Je suis renvoyée ?

Mme Nerezza soupira.

— Non, mon enfant, ce serait irresponsable de ma part de prendre une telle décision. C'est à nous de vous apprendre à contrôler votre pouvoir. Cependant, vous allez me promettre de ne plus répondre aux provocations. Les conséquences seraient désastreuses pour tout le monde.

— Oui, madame, je comprends. Merci de m'accorder une seconde chance.

— Je crois qu'il vaut mieux laisser à Mme Boucher le temps de se remettre, ajouta la directrice avec un sourire. Voici un laissez-passer pour la Scribothèque*. Restez-y jusqu'à votre prochain cours.

— Merci, madame.

— Attendez ! Je voudrais également vous donner ceci,

ajouta la directrice en lui tendant une enveloppe scellée. C'est l'invitation au bal des Ténèbres qui était destinée à Tanith Graves. Le comité de sélection m'a chargée de la remettre à l'élève la plus méritante. J'allais la faire porter à votre domicile. Je sais que c'est un peu tard pour vous prévenir…

— Je suis très flattée, madame, mais je ne peux pas l'accepter. Je ne suis pas une vraie Sang-de-Race. Je suis à moitié humaine.

— Raison de plus ! Avec chaque nouvelle décennie et chaque nouvelle avancée technologique, notre univers se rétrécit. Si les vampires veulent survivre, ils doivent faire la paix avec la race humaine. Je vois en vous un espoir pour l'avenir de notre peuple. Et quel mal cela peut-il faire ? Allez-y et amusez-vous. Après tout, la Nuit des Ténèbres n'est-elle pas faite pour que les jeunes s'amusent ?

Chapitre 9

Lilith franchit la porte de l'Académie Bathory, monta à l'arrière de la Rolls-Royce garée devant et sortit son iPhone. Elle avait six messages, tous de Kristof. Elle le rappela aussitôt, après avoir remonté la vitre entre elle et le chauffeur.

— J'ai essayé de te joindre toute la soirée! Où étais-tu passée? s'écria le photographe d'un ton excédé, sans même lui dire bonjour.

— Eh bien... euh, je suis des cours du soir et je dois fermer mon téléphone quand je suis en classe.

— J'ai une grande nouvelle! Karl a vu les épreuves d'hier soir et il t'a trouvée parfaite! Alors tu as intérêt à rappliquer à neuf heures pétantes, à l'adresse que je vais t'envoyer par texto. Et surtout, dors! Je ne veux pas d'une mine de déterrée. Inutile de te maquiller. Les stylistes s'occuperont de tout. Ce sera une journée de fous, mais tout se passera à merveille, fais-moi confiance.

Lilith raccrocha en souriant. Jusqu'à présent tout allait bien. Mis à part le fait qu'elle avait poussé cette prétentieuse de Gala dans l'escalier, elle n'avait pas eu besoin de tricher pour obtenir ce qu'elle désirait. N'empêche que c'était frustrant de ne pas pouvoir en parler à qui que ce soit! Quel intérêt d'être mannequin si elle ne pouvait s'en vanter auprès d'aucun de ses amis?

— Je t'ai apporté des fleurs fraîches, grand-mère, murmura Cally en retirant le bouquet fané du vase.

S'occuper de la tombe de ses grands-parents l'avait toujours aidée à mettre de l'ordre dans ses idées. Et elle en avait bien besoin après les événements perturbants des dernières vingt-quatre heures.

Elle songea à l'attaque sur la jetée, la nuit précédente. Dans sa hâte à voler au secours de Melinda, elle n'avait pas imaginé que Peter puisse faire partie du commando. Il s'en était fallu d'un cheveu qu'elle le foudroie dans le dos! Et si elle l'avait tué accidentellement? Son cœur cessa de battre à cette pensée. Peut-être était-ce aussi la faute du stress et des émotions de ces derniers jours si elle avait failli griller Lilith en plein cours.

Jamais sa grand-mère ne lui avait autant manqué. Celle-ci s'était efforcée de lui assurer une enfance aussi normale que possible pour une fille de vampire et d'alcoolique, et petite-fille de sorcière. Sans doute la vieille dame n'aurait approuvé ni ses décisions ni ses fréquentations, mais Cally était sûre qu'elle l'aurait épaulée.

Elle ouvrit l'invitation que Mme Nerezza lui avait remise et lut l'inscription en chthonique* traditionnel, non sans remarquer que son nom n'était pas de la même écriture que le reste.

Le comité organisateur a le grand honneur d'inviter mademoiselle Cally Mount à son trois cent quatre-vingt-troisième grand bal, lors de la prochaine Nuit des Ténèbres. Le bal s'ouvrira au douzième coup de minuit à la résidence du comte et de la comtesse Orlock, King's Stone, East Hampton, Long Island, New York.

Sa première excitation passée, elle se demandait comment elle pourrait s'y rendre. Pour être présentée, une vampire débutante devait posséder trois éléments indispensables : une robe longue, un cavalier et un père. Cally avait commencé à se confectionner une robe, mais elle aurait beaucoup plus de difficultés à trouver un chevalier servant et un père.

Elle qui avait cru que ses problèmes se résoudraient dès qu'elle connaîtrait son géniteur ! Au final, cela n'avait fait que les multiplier. Elle ne savait pas ce qu'elle craignait le plus : que son père découvre qu'elle était secrètement amoureuse d'un Van Helsing ou que Peter découvre qu'elle était une Todd. Dans un cas comme dans l'autre, ce serait elle qui en ferait les frais. Surtout qu'il n'était pas question que Victor Todd la reconnaisse officiellement devant la bonne société Sang-de-Race, avec son épouse et Lilith dans l'assistance.

Soudain une main se posa sur son épaule. Tel un chat, Cally pivota d'un bond et cracha en découvrant ses crocs.

— Du calme, gloussa Peter. Ce n'est que moi!

— Qu'est-ce que tu fais là?

— Je suis désolé, je ne voulais pas t'effrayer. Je sais qu'on n'avait pas prévu de se voir, mais après ce qui s'est passé sur la jetée, je voulais m'assurer que tu allais bien...

— Oui, ça va. Je suis juste un peu nerveuse depuis hier soir.

— Tu m'étonnes! s'esclaffa-t-il, puis il redevint sérieux devant sa mine grave. Qu'est-ce qui ne va pas?

— Je ne t'attendais pas, c'est tout, répondit-elle sans oser lui avouer qu'elle était venue au cimetière pour réfléchir en paix.

— On dirait que ça ne te fait pas plaisir que je sois là.

— C'est pas ça, Peter. Mais j'ai eu un choc quand je t'ai vu sur le point de tuer mon amie.

— Cally, tu sais qui je suis, ce que je fais.

— Oui. Seulement je n'avais jamais pensé que tu pourrais t'attaquer à quelqu'un que je connais. Pourquoi ne m'as-tu pas dit que tu serais dans les parages?

— Je n'imaginais pas que tu te pointerais au Viral. Et c'est Drummer qui a décidé de surveiller le club.

— Qui est-ce?

— C'est... enfin... c'était le chef de notre commando.

Nous étions en planque, dans une camionnette, juste en face, quand Drummer a repéré la suceuse de sang…

— La quoi ? s'exclama Cally, outrée, ses yeux lançant des éclairs.

— La vampire, se reprit-il précipitamment. Bref, c'est lui qui a voulu qu'on l'attaque. Avec Samantha, on n'a fait qu'obéir à ses ordres.

— Qui est Samantha ?

— C'est la femme que tu as foudroyée, Cally ! Il va lui falloir plusieurs greffes de peau dans le dos.

— J'm'en fous ! Elle a voulu tuer Melinda.

— Alors tu trouves que Drummer et elle n'ont eu que ce qu'ils méritaient ?

— Oui ! Enfin, non !

Cally enfouit son visage dans ses mains. Quoi qu'elle dise, ce serait mal interprété.

— Je ne sais pas ce que je dis, Peter. Je suis complètement perdue…

— Cally, qu'est-ce qui t'arrive ? Ce n'est pas seulement à cause de ce qui s'est passé sur la jetée ? Il y a autre chose ?

— Excuse-moi, Peter. Il m'est tombé dessus tellement de trucs en vingt-quatre heures que je ne sais plus où j'en suis.

Peter lui caressa la tête en souriant.

— Raconte-moi. Tu l'as reconnu toi-même, je suis la seule personne à qui tu peux te confier.

— Pas cette fois.

Peter la prit par l'épaule, la fit pivoter vers lui et leva doucement son menton pour plonger son regard dans ses yeux verts.

— Je déteste te voir aussi soucieuse. Je t'en prie, parle. Qu'est-ce qui ne va pas ?

— Oh, rien de spécial, en fait. Hier soir, quand je suis rentrée chez moi, mon père m'attendait dans le salon.

— Tu plaisantes ? s'écria-t-il, les yeux écarquillés de surprise.

— Non, malheureusement. J'aimerais te dire qui c'est, mais je ne crois pas que ce soit une bonne idée pour l'instant. Je préfère attendre de savoir qui je suis vraiment et où se trouve ma place.

— C'est tout vu ! répondit-il avec un sourire rassurant. Ta place est auprès de moi.

Il voulut la prendre dans ses bras ; elle se déroba.

— Je le croyais, moi aussi, sauf que je n'en suis plus si sûre.

— Qu'est-ce que tu veux dire ? Tu veux rompre ?

— Je n'en sais rien, Peter ! Je suis complètement chamboulée ! J'ai envie d'être avec toi, mais nous allons droit à la catastrophe.

— Tu as toujours affirmé que tu te moquais des conséquences du moment qu'on était ensemble. Qu'est-ce qui t'a fait changer d'avis ?

— Ce qui s'est passé cette nuit sur la jetée. Nous avons failli nous entretuer. Je ne veux pas qu'on finisse par se détester. Et quand tu as parlé de tes amis, j'ai bien senti que tu m'en voulais de ce qui leur était arrivé.

Il baissa les yeux.

— Tu n'y es pour rien, Cally. Tu ignorais que c'était moi. Tu voulais juste sauver ton amie.

— Tu ne comprends pas, Peter. Ça n'aurait rien changé si j'avais su que c'était toi. Tout comme toi tu aurais tué Melinda même si tu avais su qu'elle était mon amie. C'est trop profondément ancré en nous. Et même si j'ai conscience qu'on t'a conditionné pour tuer les vampires, je t'en veux pour hier soir. Et j'avoue que j'ai aussi un peu peur de toi. Ton regard exprimait une haine totale avant que tu me reconnaisses. Et une haine pareille, ça laisse toujours des traces, Peter. J'ai cru qu'on pourrait s'enfuir et repartir de zéro. En fait, tout ce qu'on peut espérer, c'est voler quelques moments ensemble, rien de plus. Nous n'avons aucun espoir d'avenir commun. Voilà pourquoi je préfère arrêter avant que ce ne soit trop tard, conclut-elle en s'éloignant de lui.

Il la retint par le bras.

— Ne t'en va pas, Cally ! Ça peut marcher, on peut y arriver ! Je t'aime. Pourquoi veux-tu nous déchirer ?

Elle le saisit subitement à la gorge et enfonça ses ongles dans sa chair.

— Tu ne vois donc pas ? chuchota-t-elle d'une voix rauque, le visage ruisselant de larmes tandis qu'il cherchait désespérément son souffle. C'est notre amour qui finira par nous déchirer.

Quand Peter revint à lui, il était allongé sur une tombe. Il se releva en titubant et fut secoué d'une toux qui lui arracha la gorge.

Cally, qu'il aimait de toute son âme, lui avait brisé le cœur et l'avait agressé. Son père avait raison : on ne pouvait pas faire confiance aux vampires. Même à ceux qui étaient à moitié humains. Ils corrompaient tout ce qu'ils touchaient.

Non seulement il avait menti à son père sur l'endroit où vivait Cally, mais il avait maquillé des indices qui auraient pu le conduire à elle. Et pour quel résultat ? Il craignait trop de chuter dans l'estime du patriarche pour lui avouer ce qu'il avait fait. Et si d'autres membres de l'Institut apprenaient que la responsable des malheurs du grand Ike, de Samantha et de Drummer était sa protégée, plus personne ne voudrait faire équipe avec lui.

Il aurait tant aimé se racheter. Alors peut-être retrouverait-il le sommeil et oublierait-il les hurlements d'agonie de Drummer...

Soudain, son regard fut attiré par le bout d'une enveloppe à demi ensevelie sous les feuilles mortes. Il la ramassa, et une carte de réponse d'invitation s'en échappa, rédigée dans un alphabet inconnu. Intrigué, il retourna l'enveloppe et fut surpris d'y voir l'adresse écrite normalement. Il écarquilla les yeux en reconnaissant le nom d'Orlock.

Les vampires qui s'estimaient si supérieurs aux humains n'hésitaient apparemment pas à utiliser certaines de leurs inventions comme la poste! Cette imprudence risquait de leur coûter très, très cher...

Chapitre 10

Sortir en douce de chez elle pour se rendre à la séance de photos fut un jeu d'enfant pour Lilith. Avant le lever du soleil, ses parents s'étaient retirés chacun dans leur suite. Deux minutes plus tard, tous les serviteurs morts-vivants avaient gagné leurs cabines hermétiques où ils attendraient le retour de l'obscurité sur d'étroites couchettes superposées.

Il ne restait donc plus que quelques asservis* humains qui occupaient dans la journée les postes de concierge de l'immeuble, de portier, de chauffeur et de domestiques. Lilith quitta le Balmoral par l'entrée des fournisseurs et héla un taxi. C'était à la fois simplissime et super excitant !

Le shooting devait avoir lieu dans un studio de la 35ᵉ Rue Ouest. Quand elle y entra, Lilith eut l'impression de pénétrer sur un plateau de cinéma : dans cet espace de deux cent cinquante mètres carrés qui grouillait de monde, on avait reconstitué une mansarde parisienne, avec une fenêtre qui donnait sur la tour Eiffel. Des gens allaient et venaient avec des tasses de café et des blocs-notes à la main tout en parlant fébrilement dans leurs casques Bluetooth.

Kristof l'accueillit avec un sourire radieux.

— Lili! Quelle ponctualité!

— Mon Dieu, Kristof! Elle est absolument stupéfiante! s'écria le grand échalas blond qui l'accompagnait en plaquant ses mains sur ses joues. Où l'as-tu dénichée?

— Je l'ai croisée chez Dolce & Gabbana! Lili, je te présente Tomás, notre directeur artistique. Je dois encore régler les éclairages, je te laisse entre ses mains expertes.

Tomás la prit par le bras.

— Je te conduis au maquillage! Alors, comme ça, il paraît que tu es vierge?

Lilith rougit.

— Quoi?

— Pas au sens propre du terme, ma chérie, s'esclaffa-t-il. Enfin, si un autre que Kristof m'avait annoncé qu'il choisissait une fille sans aucune expérience pour lancer une nouvelle marque, je lui aurais ri au nez. Mais Kristof a un don pour dénicher les talents. Je lui fais confiance!

Il l'entraîna vers la loge où un coiffeur et une maquilleuse l'attendaient de pied ferme.

— Dino, Maureen, voici Lili Graves, la dernière découverte de Kristof. Je vous la confie.

— Pas de problème ! répondit Dino en glissant un peigne dans la poche de son jean rose chewing-gum. J'ai hâte de mettre les mains dans ces cheveux ! Assieds-toi.

Maureen se pencha pour examiner son visage tel un expert authentifiant un chef-d'œuvre.

— Tu as une peau extraordinaire ! On dirait de la porcelaine. Nous allons te donner une allure discrète et sophistiquée. Ce qu'il te faut, c'est un look à la fois naturel et éclatant.

Lilith fixait le miroir, fascinée par son reflet. Depuis toujours, elle avait dû se regarder en cachette, avec la crainte perpétuelle d'être surprise. Et voilà qu'elle se retrouvait libre de se contempler à volonté, sans encourir de réprimande. Cela lui paraissait à la fois naturel et irréel, comme lorsqu'on vole en rêve.

Quelques minutes plus tard, Kristof apparut, suivi d'une brune qui tenait un bloc-notes sous son bras. Lilith la fusilla aussitôt du regard, agacée de voir une autre fille tourner autour de lui.

— Comment ça se passe avec notre star, Maureen ? s'enquit-il.

— Je n'ai jamais travaillé sur une fille aussi détendue, répondit la maquilleuse en étalant de l'ombre à paupières rose. D'habitude, les nouvelles n'arrêtent pas de bouger. Avec Lili, je peux faire ce que je veux. C'est fabuleux !

Lilith sourit. Rester immobile pendant qu'on s'occupait d'elle lui était aussi facile que de respirer. D'aussi loin qu'elle se souvienne, on l'avait toujours habillée et coiffée.

— Lili, voici mon assistante, Miriam, poursuivit Kristof avec un geste vers la fille au bloc-notes. C'est elle qui est chargée de tout consigner pendant la prise de vue. Elle aurait besoin que tu remplisses deux ou trois formulaires.

La jeune femme s'approcha et posa son bloc-notes devant Lilith.

— Bonjour, Lili. Il faudrait d'abord que tu me complètes cette déclaration pour les impôts, avec ton nom, ton adresse et ton numéro de sécurité sociale.

— Mon numéro de sécurité sociale…

Lilith sentit son estomac se nouer. Elle avait cru qu'elle n'aurait qu'à se présenter, que Kristof ferait les photos et qu'elle repartirait riche et célèbre. Elle n'avait pas prévu qu'on lui demanderait de prouver son identité, ce qui lui posait évidemment un problème puisque Lili Graves n'existait pas.

— Tu n'aurais pas ta carte de sécurité sociale sur toi? continua Miriam.

Non seulement elle n'en avait pas, mais elle ne savait même pas ce que c'était.

— Ou un permis de conduire?

— Je ne conduis pas, répondit Lilith, qui commençait à s'énerver.

— C'est vrai qu'à Manhattan on se sert rarement de sa voiture, gloussa Miriam. Tant pis, je me contenterai de ta carte d'étudiante. Ou n'importe quoi avec ta photo dessus...

Lilith prit une profonde inspiration.

— J'ai laissé tous mes papiers dans ma chambre à l'université, mentit-elle. Je ne savais pas que j'en aurais besoin.

— Oh, ce n'est pas grave. Tu me les apporteras la prochaine fois.

— La prochaine fois ?

— Oui, Maison d'Ombres a prévu au moins trois séances. Pour *Elle*, *Vogue* et *Vanity Fair*. Et il faudra également faire les photos des publicités qui passeront dans tous les grands magazines.

Quand l'assistante repartit, Dino vint retirer les rouleaux qu'il lui avait mis dans les cheveux. Pendant qu'il rassemblait la masse de boucles sur sa nuque, il se pencha vers elle.

— Combien tu es payée pour cette séance, ma chérie ? chuchota-t-il.

Elle n'y avait pas réfléchi une seule seconde. Comme Gala devait toucher un million de dollars, elle pensait recevoir la même somme.

— Je ne sais pas. Nous n'en avons pas encore parlé...

— Je l'aurais parié ! Tiens, prends cette carte. Un de mes amis est agent. Appelle-le vite ! Il te faut un contrat, ma petite. Tu ne peux faire confiance à personne dans ce milieu. Ils te font de grands sourires en clamant que tu es belle et que tu as du talent, et ils n'hésiteraient pas à te tirer dans le dos à la première occasion. Crois-moi, ce sont des sangsues!

— Dino a raison, ma chérie, acquiesça Maureen qui lui appliquait une couche de mascara. Une fille aussi jeune et aussi belle que toi a besoin de quelqu'un qui défende ses intérêts.

Lilith contempla la carte un long moment avant de l'empocher.

— Sincèrement, vous me trouvez belle?

— Quelle question! s'esclaffa Dino. On a déjà dû te le dire, non? Et puis, tu n'as qu'à te regarder dans une glace pour t'en apercevoir.

— C'est pas si simple! Du moins pour moi.

— Ah, les mannequins! soupira Dino. Je ne comprendrai jamais comment des beautés pareilles peuvent avoir autant de complexes!

À dix heures et demie, Lilith était coiffée et maquillée. L'habilleuse lui fit enfiler une robe bouffante bouton-d'or ornée d'un nœud noir. Lilith songea qu'elle aimerait mieux mourir plutôt que de se montrer en public dans cette tenue.

Tomás la conduisit sur le plateau.

— Je t'explique, Lili. Nous voulons jouer sur l'idée

que Maison d'Ombres est une marque française. Voilà pourquoi notre génialissime décorateur, Enrique, nous a construit cette réplique d'une mansarde parisienne avec vue sur la tour Eiffel. N'est-ce pas ravissant ? Tu es censée incarner une artiste géniale et fauchée, jeune, séduisante, avec des jambes magnifiques. Tu seras successivement une poétesse, une peintre, une danseuse et une musicienne. Tu t'en sens capable ?

— *Mais oui !* répondit-elle en français, avec un sourire éblouissant.

Sept heures plus tard, Kristof leva la main et annonça :
— C'est dans la boîte. Merci, tout le monde !
Lilith, vêtue d'une blouse de peintre en soie rouge, posa le pinceau avec lequel elle faisait semblant d'achever un tableau.

Maureen accourut pour retirer les fausses taches de peinture dont elle lui avait maculé les joues et le front.

— Un grand bravo à notre jeune vedette, Lili Graves ! lança Tomás en s'écartant de l'écran sur lequel étaient projetées les photos.

— Lili, tu as fait un boulot fantastique ! renchérit Kristof.

Lilith alla se changer et poussa un soupir de soulagement lorsqu'elle remit son jean, son pull en cachemire et ses boots Prada. Elle consulta sa montre. Il était dix-sept heures, il ferait donc bientôt nuit. En se dépêchant, elle pourrait arriver chez elle avant que les serviteurs se réveillent.

Kristof l'attendait à la porte de la loge.

— Cela te plairait de dîner avec moi ?

— J'aurais adoré, mais il est tard et j'aurai des ennuis si je sèche mes cours.

— Je souhaitais te parler de ton contrat et des prochaines séances, insista-t-il, visiblement déçu. Et j'avais un petit cadeau pour toi...

— Un cadeau ? répéta-t-elle, soudain tout excitée. Qu'est-ce que c'est ?

— Ah, pour le savoir, il faut accepter mon invitation, la taquina-t-il.

Lilith regarda de nouveau sa montre. Elle n'avait plus une seconde à perdre si elle voulait rentrer à temps. Mais jamais elle n'avait pu résister à l'attrait d'un cadeau.

Que faire ?

— Quand vous avez déclaré que j'avais fait un boulot fantastique, vous le pensiez ? demanda Lilith alors que le serveur apportait les entrées.

— Comme je l'ai déjà dit, je ne mens que lorsque je suis amoureux et encore...

— ... à partir du troisième rendez-vous seulement, finit-elle à sa place.

— Et nous n'en sommes qu'au deuxième. Alors crois-moi.

Elle sourit et baissa les yeux tout en poussant sa salade du bout de sa fourchette. Elle n'avait jamais passé un si long moment en tête à tête avec un humain. En toute honnêteté, elle avait de plus en plus de mal à considérer Kristof comme un caillot.

— Alors c'est quoi, votre cadeau ?

Depuis qu'ils avaient quitté le studio, cette question la torturait. Kristof n'ayant sur lui qu'un classeur en cuir, ça ne pouvait être qu'un objet assez petit, un bracelet, une bague, ou des boucles d'oreilles...

— En fait, j'ai un cadeau *et* une surprise pour toi. Que veux-tu en premier ? demanda-t-il avec un sourire espiègle.

— Le cadeau !

Il poussa le porte-documents vers elle.

Le sourire de Lilith disparut instantanément. D'accord, le cuir en était assez joli, mais ça ne valait pas un sac ni même une pochette. Et il ne portait pas de griffe.

— Ouvre-le.

Lilith obéit et vit sur la première page la photo d'une fille aux yeux d'un bleu perçant et aux cheveux de blé. Elle tressaillit.

— Ce sont les photos que vous avez prises dans votre appartement ! s'écria-t-elle en feuilletant l'album.

— Ça te plaît ?

— Kristof, jamais personne ne m'a fait un cadeau pareil !

Et, pour une fois, elle disait la vérité.

— Un mannequin doit avoir un book! Tu devras l'emporter avec toi à toutes tes entrevues.

— Quelles entrevues?

— Avec les couturiers et tes autres clients potentiels. Tu n'as pas réfléchi à tout ça?

— Qu'est-ce que vous insinuez? répliqua-t-elle, sur la défensive.

— Écoute, si nous devons continuer à travailler ensemble, tu dois être honnête avec moi. Lili, tu n'as pas dix-huit ans. Tu m'as donné un numéro de sécu qui commence par 4!

Lilith ouvrit la bouche et la referma. Autant laisser Kristof penser qu'elle avait juste voulu tricher sur son âge. Que dirait-il s'il apprenait qu'elle était une vampire essayant de se faire passer pour humaine?

— Vous avez raison, avoua-t-elle en baissant la tête.

— Quel âge as-tu? Quinze ans? Seize ans?

— Seize.

Kristof prit une profonde inspiration et se frotta le visage, comme brutalement accablé de fatigue.

— Eh bien, c'est à la fois une bonne et une mauvaise nouvelle. La bonne, c'est que la jeunesse n'a jamais été un obstacle dans ce métier. La plupart des mannequins ont ton âge.

— Et la mauvaise?

— C'est que nous n'aurons pas de troisième rendez-vous. Pas avant quelques années, en tout cas. Je ne voudrais pas avoir d'ennuis avec ton père.

— Il ne me fait pas peur, marmonna-t-elle.

— À moi, si. Surtout qu'il doit avoir mon âge.

— Pff! Il est beaucoup plus vieux que vous. Et beaucoup moins cool. C'est un sale menteur, en plus. C'est pour ça que j'ai hâte de gagner ma vie. Je veux devenir indépendante et quitter ma famille. J'en ai assez qu'on me dicte ma conduite.

— Tu croiseras beaucoup de filles dans ton cas, soupira Kristof. Lili, je suis prêt à me mouiller en t'aidant à mentir sur ton âge, ton numéro de sécu… Je peux également te mettre en contact avec un bon avocat si tu souhaites être émancipée. Et tu sais pourquoi je suis prêt à prendre de tels risques? Parce que cinquante pour cent des clichés que j'ai pris aujourd'hui sont utilisables.

— Et c'est bien?

— Je connais de grands mannequins qui sont loin d'atteindre ce pourcentage. Avec une débutante, c'est du jamais-vu. Tu es un phénomène, Lili! Tu vas déclencher une révolution dans le monde de la mode et je ne veux pas rater ça!

— Vous avez aussi parlé d'une surprise. Qu'est-ce que c'est?

— La patronne de *Vanitas* donne une fête d'Halloween, ce soir. Un tas de gens de la haute couture y seront. Ce serait bien que tu les rencontres et que tu te fasses voir par la même occasion. Qu'en penses-tu?

Lilith regarda sa montre. Ses cours avaient commencé depuis longtemps. Et même si elle risquait de gros ennuis en faisant l'école buissonnière, elle se sentait bizarrement détachée. Il s'agissait de la vie de Lilith Todd, pas de celle de Lili Graves. Lili Graves était une fille libre, sans entraves ni contraintes. Et, en cet instant, Lilith appréciait sa seconde vie bien plus que la première.

— Excellente idée! répondit-elle.

Chapitre 11

Cally soupira en cherchant des yeux une table libre dans la cafétéria. En temps normal, elle prenait ses repas avec Melinda et les sœurs Maledetto, mais elle n'avait pas revu Melinda depuis l'incident de la jetée et son père lui avait interdit de fréquenter les jumelles. Les autres élèves s'apercevraient très vite qu'elle faisait de nouveau cavalier seul et recommenceraient à la provoquer et la harceler. Du coup, elle craignait qu'elles ne lui fassent perdre son sang-froid et qu'elle laisse réapparaître la Main Noire sans le vouloir.

Lilith était absente et Carmen veillait jalousement sur leur table habituelle. Cally envisagea un bref instant de s'asseoir avec la bande des Amazones. Mais à moins d'être leur égale au combat aérien et en métamorphose, elles étaient plus du genre à vous plonger la tête dans les toilettes qu'à vous inviter à partager leur repas. Compte tenu de son retard en cours de transformation, Cally n'était pas pressée de se frotter à elles.

Comme il ne lui restait plus que la table des intellos, elle préféra aller s'asseoir seule. Elle contempla d'un œil morne le sac de sang sur son plateau : les événements des deux derniers jours lui avaient coupé l'appétit.

— Qu'est-ce que tu fiches là ?

Elle se leva d'un bond en voyant Melinda et se jeta à son cou.

— Melinda ! Tu es revenue ! J'ai cru que les Van Helsing t'avaient eue !

— Non, non, j'étais au chevet d'un ami. C'est plutôt toi qui m'inquiètes. Qu'est-ce qui t'arrive ?

— Comment ça ?

Bette et Bella s'approchèrent à leur tour. Cally attrapa son plateau pour aller s'installer ailleurs. Melinda lui bloqua le passage.

— C'est quoi, ce cirque ? Il suffit que je manque une nuit pour que tu te mettes à traiter Bette et Bella comme des pestiférées ! Si je n'avais pas une dette envers toi, je te casserais la figure.

— On t'a fâchée sans le vouloir ? s'enquit Bette d'un ton larmoyant.

— Pas du tout ! Vous n'y êtes pour rien. Ma mère ne veut plus que je vous fréquente.

— Et je peux savoir ce qu'elle a contre les jumelles ? rétorqua Melinda.

Cally leur aurait volontiers révélé la vérité, mais elle préféra s'en tenir au strict minimum.

— Ma mère a vu votre frère me raccompagner, hier soir, et elle a cru que je sortais avec lui. Du coup, elle m'a interdit de fréquenter tous les Maledetto.

— Tu connais notre frère ? s'exclama Bella.

— Lucky ne vous a rien dit ?

Bella secoua la tête.

— On ne le voit plus beaucoup maintenant qu'il travaille pour papa.

— Comment tu l'as trouvé ? demanda Bette.

Cally haussa les épaules.

— Il a l'air super sympa.

— Il ne faut pas se fier aux apparences, murmura Bella d'une voix sinistre.

— Si on revenait à nos moutons ? marmonna Melinda. Donc ta mère ne veut plus que tu voies les jumelles parce qu'elle a une dent contre la Strega et qu'elle craint que tu ne te compromettes avec leur grand frère ?

— Plus ou moins.

Bella et Bette échangèrent un regard entendu.

— Pour nous aussi, la famille passe avant tout, déclara Bette d'un ton solennel tandis que sa sœur l'approuvait d'un hochement de tête. Et nous respectons ta décision, même si cela nous prive de ton amitié.

Cally s'en voulut terriblement en voyant les jumelles repartir tête basse.

— Tu peux être fière de toi! fulmina Melinda. Tu as réussi à plaquer tes amies sans rien avoir à te reprocher.

— Arrête, tu n'imagines pas comme je me sens mal. Je ne voudrais surtout pas me conduire avec elles comme Lilith.

Elle laissa son regard errer sur la cafétéria.

— Au fait, reprit-elle en fronçant les sourcils. Où est-elle? Je ne l'ai pas vue, ce soir.

Melinda sourit d'un air désabusé.

— Telle que je la connais, elle ne peut être que dans un endroit XXX… excitant, exclusif et extravagant!

La soirée d'Halloween de *Vanitas* se déroulait dans un salon situé en haut d'un vieux gratte-ciel de Time Square. Un flot ininterrompu de serveurs chargés de plateaux de coupes de champagne et de cocktails de crevettes circulaient entre les invités qui contemplaient la vue ou bavardaient sur les canapés disséminés aux quatre coins de la pièce.

Kristof prit Lilith par la main et l'entraîna dans la foule, s'arrêtant au passage pour saluer des amis ou des relations d'affaires. Bientôt, le photographe repéra l'organisatrice de la fête, Fiona Alphew, la propriétaire du magazine *Vanitas*, véritable bible du monde de la mode. La milliardaire était déguisée en Méduse; ses cheveux ressemblaient à s'y méprendre à des vipères.

— Ah, te voilà, Kristof! s'exclama-t-elle. Je me demandais si tu viendrais.

— Tu sais bien que je ne rate jamais une seule de tes soirées, ma chérie. Surtout que je tenais à te présenter ma dernière découverte, Lili Graves.

— Où l'as-tu trouvée, Kristof? Elle est époustouflante!

— C'est une longue histoire, ma chérie. Crois-moi, il y a de quoi faire un article, ajouta-t-il avec un clin d'œil tout en lui pressant le bras.

Elle éclata de rire.

— Quel opportuniste! Tu ferais mieux de te méfier de lui, mon trésor! Ce démon nous mène toutes par le bout du nez!

Kristof prit deux verres sur le plateau d'un serveur et en tendit un à Lilith. Elle le porta à ses lèvres sans en boire une goutte. Dès que Kristof se retourna, elle le vida discrètement dans un pot de fleurs.

— Oh, mon Dieu! Qu'est-ce qu'elle fait là? s'écria soudain Kristof. Je croyais qu'elle était encore à l'hôpital.

Lilith suivit son regard et vit avec stupeur Gala assise sur un fauteuil roulant à l'autre bout de la pièce, les jambes serrées dans des attelles qui ressemblaient à des instruments de torture moyenâgeux. Debout derrière elle se tenait un grand blond d'une trentaine d'années.

— C'est encore une idée de son agent, grommela

Fiona. Depuis qu'il a quitté l'agence Ford en l'emmenant avec lui, c'est son unique valeur sûre.

— Eh bien, il va falloir que j'aille leur dire bonjour !

Il prit une profonde inspiration et traversa la salle, un grand sourire de pure forme plaqué aux lèvres.

— Gala ! Ma chérie !

— Ah, Kristof ! Que je suis contente de te voir ! s'écria-t-elle en lui broyant les mains.

— Comment te sens-tu, ma chérie ? Quelle surprise de te trouver là !

— Tu te souviens de Derek, mon agent ?

— Oui, bien sûr.

— J'ai reçu un appel de Karl, hier soir, déclara ce dernier d'une voix pâteuse. Il voudrait que Gala lui rembourse l'acompte qu'elle a touché à la signature du contrat ou du moins ce qu'il en reste. Il prétend qu'elle a rompu ses engagements.

— Je suis désolé, Derek. Je n'étais pas au courant.

— C'était un accident, Kristof ! Un sale accident ! s'enflamma Derek d'une voix assez forte pour que tout le monde l'entende. Ce n'est tout de même pas sa faute si Gala est tombée dans l'escalier et s'est cassé les jambes !

— J'avais bu ! avoua Gala, le regard un peu vitreux.

— Tais-toi ! explosa Derek. Tu es sous tranquillisants, tu dis n'importe quoi !

— Écoutez, Derek, je n'ai aucune influence sur Karl, répondit Kristof en faisant un effort pour ne pas hausser le ton. Il prend ses décisions avec Nazaire et leur associé. Et vous savez très bien qu'on ne peut pas attendre la guérison de Gala. Heureusement, nous avons réussi à trouver une remplaçante à la dernière minute, ajouta-t-il en se retournant vers Lilith. Lili, viens ici, s'il te plaît. Je voudrais te présenter Gala.

À la vue de Lilith, Gala perdit ses dernières couleurs. Prise subitement de convulsions, elle renversa la tête en arrière, l'écume aux lèvres.

— Elle a une attaque! hurla Derek. Appelez le 911!

Un cri de dégoût monta des invités les plus proches du fauteuil roulant et ils s'écartèrent devant la flaque qui s'étalait sur le sol.

— Quelle horreur! s'exclama Lilith, le nez froncé. Elle s'est fait pipi dessus!

Elle réprima un sourire en voyant l'agent pousser en hâte le fauteuil vers la sortie.

— Elle est plus atteinte que je ne le croyais! soupira Kristof. Elle aurait mieux fait de rester à l'hôpital.

Tandis qu'un serveur se précipitait avec une serpillière, Kristof prit Lilith par la main pour l'entraîner loin de cette scène désolante et l'abandonna quelques instants pour se rendre aux toilettes.

Lilith n'était pas restée sobre lors d'une soirée depuis ses treize ans et elle n'avait aucune intention de commencer ce soir. Elle scruta la salle à la recherche d'une proie et repéra un garçon d'une vingtaine d'années déguisé en pirate. En l'observant de plus près, elle s'aperçut qu'il était ivre.

Elle s'approcha de lui et lui décocha un sourire irrésistible.

— J'adore ton costume.
— Merci. Je… au fait… je m'appelle Tim.
— Bonsoir, Tim. Moi, c'est Lili.
— T'es mannequin ?
— Il paraît.
— C'est cool ! Moi, je… je travaille en interne.
— T'es pas un peu jeune pour être médecin ?

Il éclata de rire.

— Ah ! Excellent ! Non, je voulais dire que je bosse à *Vanitas*.
— Oh, cool ! murmura-t-elle en se demandant comment séparer sa proie du reste du troupeau. Je vais prendre l'air, ajouta-t-elle avec un geste vers la terrasse. Tu viens ?
— Ouais, j'crois que ça me fera du bien.

Quand Kristof ressortit des toilettes, Lilith avait disparu. Il arrêta un serveur qui passait avec un plateau d'amuse-gueules.

— Vous n'auriez pas vu la jeune fille qui était avec moi il y a cinq minutes ?
— Elle est sortie sur la terrasse avec un type déguisé en pirate. Elle a dû le prendre pour Jack Sparrow.

À cet instant, la porte-fenêtre s'ouvrit et Lilith réapparut, seule. Kristof aperçut le jeune homme affalé sur un banc.

— Ton ami n'a pas l'air dans son assiette, remarqua-t-il.

Lilith ne savait pas ce que Tim avait pu boire ou fumer, mais elle, en tout cas, elle se sentait en grande forme.

— C'est le mal de mer! gloussa-t-elle.

Cally réfléchissait tandis que le métro traversait le pont de Williamsburg et fonçait vers les lumières de Brooklyn. Elle ouvrit son téléphone et fit défiler le répertoire jusqu'au numéro qu'elle cherchait. Puis elle prit une profonde inspiration, ferma les yeux et enfonça le bouton d'appel. Elle compta les sonneries, tout en se disant qu'elle avait dû perdre la tête.

— Allô?

Cally fut tellement étonnée d'entendre la voix de Jules à l'autre bout du fil qu'elle faillit en lâcher son appareil.

— Oh, bonjour! Je m'attendais à avoir un répondeur.

— C'est toi, Lilith? demanda Jules au-dessus de la house music en fond sonore.

— Non, c'est Cally. Tu m'as donné ton numéro avant-hier.

— Oh, salut, Cally! s'exclama-t-il, d'une voix beaucoup plus enthousiaste. Attends une seconde! Je vais dans un endroit plus tranquille.

Elle entendit des pas, puis une porte qui grinçait et, enfin, la musique baissa de manière significative.

— Voilà, c'est mieux, reprit Jules. Alors, tu as changé d'avis pour le grand bal? Tu veux bien de moi comme cavalier?

— Oui... si c'est encore possible.

— Bien sûr. Tu ne crains plus de rendre Lilith folle de rage?

Tout en réfléchissant à la question, Cally éprouva une drôle de sensation dans sa main gauche. Ça ressemblait au chatouillement qu'elle avait ressenti quand ses dons de jeteuse de foudre s'étaient manifestés la première fois, à l'âge de treize ans. Sauf que cette sensation provenait de l'extérieur, alors que là, elle semblait surgir de sa paume, telle une force émanant d'elle.

— Non, plus du tout!

Chapitre 12

Le soleil se levait à peine quand Lilith rentra chez elle. Comme ses parents se retiraient d'habitude dans leurs suites séparées avant l'aurore, elle espérait regagner sa chambre en douce. Lorsque les portes de l'ascenseur s'ouvrirent au dernier étage, elle aperçut son père qui arpentait le palier tel un lion en cage.

Il se rua sur elle.

— D'où viens-tu? gronda-t-il.

— Lâche-moi! hurla-t-elle tandis qu'il la traînait de force dans l'appartement et claquait la porte derrière elle.

— Tu n'étais pas dans ta chambre quand les domestiques sont venus te réveiller hier soir! Et ne me dis pas que c'était pour arriver de bonne heure à l'école. Mme Nerezza m'a appelé pour m'informer de ton absence!

— Tu me tords le bras!

— C'est ton joli petit cou que je devrais tordre! Nous étions fous d'inquiétude, Lilith! Nous t'avons imaginée au fond d'un fossé avec un pieu enfoncé dans le cœur.

— Pour ce que tu tiens à moi! ricana-t-elle en se dégageant d'un coup sec. La seule chose qui te gênerait si je disparaissais, c'est que tu serais obligé de refaire un enfant à ma mère.

— Comment oses-tu me parler ainsi? Tu as bu?

— Voyons, je bois tous les soirs, papa! Et tu t'en serais aperçu depuis longtemps si t'intéressais à moi!

Il aperçut son book.

— D'où tu sors ça?

Elle le cacha aussitôt derrière son dos.

— C'est rien. Juste un classeur.

— Si ce n'est rien, ça ne t'ennuie pas que j'y jette un coup d'œil? insista-t-il en essayant de le lui prendre des mains.

— Laisse-moi tranquille! C'est à moi! Cela ne te concerne pas!

— J'en ai assez de tes caprices, Lilith. Tu es punie de sortie jusqu'à nouvel ordre! Tes résultats scolaires sont catastrophiques. À compter d'aujourd'hui, fini de faire la fête avec tes amis jusqu'au lever du jour au lieu de travailler. Et j'annule aussi tes cartes Platinium. Tu devras te contenter d'une carte Gold.

— Oh, papa, tu ne peux pas me faire ça! protesta-t-elle en tapant du pied. C'est trop injuste!

— Non, ce qui serait «trop injuste», c'est que je te consigne à la maison pour la Nuit des Ténèbres!

— Tu n'oserais pas! s'écria-t-elle, les larmes aux yeux. C'est moi qui dois ouvrir le bal.

— Je vais me gêner! À moins que tu ne me dises tout de suite où tu étais cette nuit et avec qui.

Lilith avait épuisé toutes les tactiques devant lesquelles son père finissait toujours par capituler: les cris, les lamentations, la bouderie et les pleurs. Il ne lui restait plus qu'une carte à jouer. Elle ravala brusquement ses larmes. Son visage exprimait une haine sans mélange.

— Très bien, tu ne me laisses pas le choix. Je vais devoir mettre ma mère au courant de l'existence de ta précieuse petite Cally!

Ce fut au tour de Victor Todd d'être sidéré.

— Quoi?

— Eh oui, mon petit papa! Je sais tout sur ta fille naturelle. Et si tu ne te montres pas très, très compréhensif avec moi, maman saura tout, elle aussi. Alors, dans ton intérêt comme dans celui de ta bâtarde, mon cher père, tu ne touches pas à mes cartes Platinium, c'est clair?

— Très clair! répliqua-t-il d'une voix atone.

Cally finissait de boutonner son chemisier d'uniforme quand elle entendit sonner.

— Maman! Il y a quelqu'un à la porte!

La sonnerie retentit une seconde fois, suivie par des coups de poing sonores sur le battant.

Cally sortit de sa chambre en marmonnant. Sa mère devait avoir la gueule de bois, une fois de plus.

Cally regarda par l'œilleton et vit deux grands costauds, un blond et un brun, en costume sombre, pull à col cheminée noir et lunettes de soleil.

Elle entrouvrit la porte.

— Oui? Qu'est-ce que je peux faire pour vous?

Le blond poussa le battant avec une force surprenante et les deux inconnus pénétrèrent dans l'appartement.

— Où est-ce que vous vous croyez! hurla-t-elle. On n'entre pas comme ça chez les gens!

Le blond se dirigea vers le salon et montra sans un mot le fond de l'appartement. Le brun hocha la tête et partit vers les chambres.

— Hé, qu'est-ce qui vous prend? Vous avez intérêt à déguerpir vite fait si vous ne voulez pas avoir d'ennuis!

— Tout va bien, Cally. Ils ne te veulent aucun mal. Ils sont avec moi.

Cally pivota d'un bond. Victor Todd se tenait sur le seuil de l'appartement.

— Papa? Qu'est-ce que vous... qu'est-ce que tu fais là? Que se passe-t-il? Qui sont ces abrutis?

— Je te présente Walther et Sinclair. Ils sont à mon service, expliqua Victor en refermant la porte derrière lui. Pardonne-leur cette arrivée un peu brutale, je viens de les sortir de leur chambre froide : je ne pouvais pas compter sur les morts-vivants créés au siècle dernier qui sont sous le contrôle de ma femme. Sinclair a passé trois cents ans au service des Todd et Walther encore plus longtemps.

Cally examina le blond qui sortait les livres des étagères et les empilait par terre.

— Ce sont des morts-vivants ?

— Oui, mais tu n'as rien à craindre d'eux. Ils ont tout de suite senti que tu étais de la famille et je leur ai formellement interdit de saigner ta mère.

— Voilà qui est rassurant ! Et lui, c'est lequel ? demanda-t-elle avec un geste vers le blond.

— Walther.

Cally mit ses doigts dans sa bouche et poussa un sifflement strident.

— Hé, Walther !

Il se tourna aussitôt vers elle.

— Oui, jeune maîtresse ?

— Qu'est-ce que vous faites ?

— Je prépare votre déménagement.

— Quoi ?

Cally courut jusqu'à sa chambre et s'arrêta net devant la porte ouverte : Sinclair vidait son armoire et pliait soigneusement les vêtements sur le lit.

— Qui vous a permis de toucher à mes affaires ?

C'est alors que Sheila apparut, drapée dans une vieille robe de chambre.

— Qu'est-ce que c'est que ce raffut! Je voudrais dormir!

Elle s'interrompit en voyant le père de sa fille dans le couloir.

— Victor? Qu'est-ce que tu fais là?

— Vous quittez New York, Cally et toi.

Sheila fronça les sourcils.

— En quel honneur?

— Cally est en danger. Vous devez partir le plus vite possible. Je vous ai réservé des billets pour la Suède...

— La Suède! s'exclama Cally. C'est une plaisanterie!

— Je sais que c'est très loin, mais tu devrais y être à l'abri.

— À l'abri de quoi? murmura Sheila, soudain inquiète.

— Lilith sait que Cally est ma fille, annonça Victor d'un ton grave. Elle m'a menacé de tout raconter à sa mère quand j'ai voulu la punir d'avoir séché ses cours.

— Mais comment l'a-t-elle découvert?

Victor se tourna vers Cally, la mine sévère.

— Lilith aurait-elle goûté ton sang?

— Oui, quand nous nous sommes battues à l'école, avoua-t-elle. Elle m'a mordue à l'épaule.

— Eh bien, à quoi bon se lamenter? Ce qui est fait est fait. Et Lilith révélera la vérité à sa mère tôt ou tard. La seule chose qui l'ait retenue jusqu'ici, c'est qu'elle ne s'entend pas du tout avec elle.

— Et où habiterons-nous?

— Je possède un pavillon de chasse, à douze kilomètres de Kiruna, à l'extrême nord du pays. Plus précisément en Laponie. Des serviteurs fidèles aux Todd s'occuperont de vous. Je veillerai également à te trouver des professeurs particuliers pour que tu continues tes études pendant cette retraite forcée.

— Combien de temps devrons-nous rester là-bas ?

— Une ou deux dizaines d'années. Le temps que tu acquières les connaissances suffisantes pour ne plus rien avoir à craindre d'Irina, à condition que tu arrives à maîtriser la Main Noire.

— Une dizaine d'années! gémit Cally, le visage décomposé. Mais je suis bien à New York. Je commence enfin à me faire des amies, je suis invitée au grand bal, et tu m'envoies au pôle Nord! C'est injuste! protesta-t-elle en se laissant tomber sur son lit, les yeux remplis de larmes. Je ne veux pas y aller.

— Cally, je ne fais pas ça pour t'ennuyer, répondit gentiment son père. Je veux juste vous protéger, ta mère et à toi.

— Permets-moi au moins d'assister au grand bal. Je ferai tout ce que tu voudras si tu me laisses y aller.

— C'est impossible! Je ne peux pas te reconnaître publiquement comme ma fille. Et toutes les débutantes doivent être présentées par leur père ou un homme de leur famille.

— Trouve quelqu'un pour te remplacer.

Victor réfléchit.

— Et comme ça les affirmations de Lilith perdront de leur crédibilité. Entendu. Cependant, promets-moi de ne dire à personne que tu quittes le pays.

— Merci ! s'écria-t-elle en se jetant à son cou. Tu es le père le plus fabuleux du monde !

— Eh bien, je suis content qu'au moins une de mes filles le pense, gloussa-t-il. Va vite à l'école. Et essaie d'éviter Lilith.

Le téléphone sonnait quand Victor Todd remonta dans sa Rolls. Il tapota l'écran LCD encastré dans l'arrière du siège du chauffeur pour activer le kit mains libres.

— Je t'écoute, dit-il en guise de salut.

— Victor ? C'est Karl.

La voix désincarnée qui montait des haut-parleurs était celle de son vassal* le plus fidèle, le baron Karl Metzger, qui gérait le patrimoine des Todd.

— Quel temps fait-il à Paris ?

— Le même qu'à New York en ce début de saison des Ténèbres. Avez-vous reçu mon envoi ?

Victor tourna les yeux vers l'enveloppe matelassée posée sur le siège à côté de lui. Elle était arrivée au moment où il partait à la chambre froide sortir Walther et Sinclair de leur hibernation.

— Oui, mais je n'ai pas encore eu le temps de l'ouvrir. Bien que HemoGlobe soit sa première et principale source de revenus, Victor avait compris depuis longtemps qu'il valait mieux diversifier ses activités. Ne disait-on pas qu'il ne fallait pas mettre tout son sang dans le même caveau ? Au fil des siècles, il avait investi dans de nombreuses affaires, qui allaient du matériel agricole aux télécommunications en passant par tous les domaines possibles et imaginables.

— J'aimerais que vous y jetiez un coup d'œil et que vous me donniez votre accord avant la signature du contrat avec le nouveau mannequin. Ensuite, mon fils et moi nous occuperons du reste.

— Je regarde ça tout de suite.

Il prit l'enveloppe, la décacheta et en tira les épreuves.

Un cri lui échappa à la vue des cheveux blonds et des yeux de glace du mannequin. Les photos lui glissèrent des mains et s'étalèrent à ses pieds.

— Un problème, Monsaigneur ?

Pour toute réponse, Victor Todd arracha l'écran de son cadre et le jeta dans la rue où il explosa en mille morceaux.

Bien que fervent adepte du reflex numérique, Kristof aimait également utiliser son vieux Leica. La photo argentique permettait de révéler des détails dans les ombres et les fortes expositions qu'aucun fichier numérique ne rendrait jamais. C'était cette passion pour la photo en noir et blanc et pour les anciennes techniques de développement qui l'avait poussé à transformer sa seconde salle de bains en chambre noire.

À la lueur rouge de l'ampoule de son labo, Kristof regardait le visage de Lilith apparaître peu à peu, tel un fantôme émergeant du brouillard, sur le papier qui flottait dans la cuve de révélateur. Il le transféra dans le bain de fixateur avec des pincettes et crut entendre un bruit dans son atelier.

C'était sans doute Miriam. Son assistante oubliait toujours quelque chose. Il régla la minuterie sur cent vingt secondes et ouvrit la porte.

— Miriam ?

Seul le silence lui répondit. Il haussa les épaules et referma la porte. Ce devait être un meuble qui craquait ou ses voisins du dessus qui rentraient.

Le minuteur sonna. Kristof sortit le cliché du fixateur, le mit dans le bain de rinçage et le remua doucement avec les pincettes. Il examina de nouveau la photo ; elle lui parut surimpressionnée.

Quand il l'eut suspendue au fil tendu au-dessus de la baignoire, il vit alors la tour Eiffel superposée au visage de Lili. C'était impossible ! Avant la séance, il avait vérifié au moins trois fois ses appareils.

Sa perplexité s'accrut encore quand il remarqua que la surimpression n'affectait ni les vêtements ni les décors. Seuls les traits de Lili, bien que visibles, paraissaient transparents.

En étudiant le cliché de plus près, Kristof s'aperçut que la tour Eiffel ne provenait pas d'une double impression malencontreuse : elle apparaissait à travers le visage de Lili ! Il ôta la photo du fil d'un geste sec, se retourna vers la lumière...

... Et se retrouva nez à nez avec un géant aux tempes grisonnantes dont les yeux brillaient comme ceux d'un animal.

— Qu'est-ce que vous fichez avec ma fille ? gronda l'inconnu en découvrant des crocs de loup blancs et acérés.

Kristof n'eut pas le temps de crier.

Chapitre 13

À deux heures du matin, la plupart des gens dorment depuis longtemps. Pour les élèves de l'Académie Bathory, deux heures du matin annonçaient la fin des cours et la perspective de s'amuser jusqu'à l'aube.

Lilith Todd allait habituellement faire la fête avec ses amis. Quand elle retrouva son chauffeur, qui l'attendait près de la portière ouverte de la Rolls comme tous les soirs, elle lui lança gaiement :

— Au Clocher, Bruno !

Son sourire disparut lorsqu'elle aperçut son père sur la banquette arrière.

— Papa ! Quelle surprise ! Je ne m'attendais pas à te voir !

— Je m'en doute ! rugit-il. Et tu n'iras pas au club ce soir, ni aucun autre soir !

— Aurais-tu oublié notre marché? Tu ne me dis pas ce que je dois faire, et moi, je ne parle pas à ma chère mère de ton petit… péché de jeunesse.

— Il semblerait que je ne sois pas le seul à en commettre, riposta-t-il en brandissant le book que Kristof avait offert à Lilith la veille. Maintenant monte!

— Comment as-tu osé fouiller dans ma chambre?

— *Ta* chambre! persifla-t-il. Tu ne possèdes que ce que j'ai bien voulu te donner.

Elle essaya de lui arracher le classeur.

— Rends-le-moi! Kristof me l'a donné.

— Kristof l'a donné à Lili Graves, pas à Lilith Todd.

Lilith resta pétrifiée.

— Comment es-tu au courant?

— Je sais beaucoup de choses sur Lili, figure-toi. C'est moi le propriétaire de Maison d'Ombres.

— Quoi?

— Maison d'Ombres est une de mes dernières acquisitions. Étant donné ce que vous dépensez pour votre garde-robe, ta mère et toi, j'ai pensé que l'opération pourrait être rentable.

La limousine démarra. Lilith jeta un regard inquiet autour d'elle.

— Où allons-nous?

— Il est temps de rendre une petite visite à une connaissance commune.

Ils se trouvaient à deux pâtés de maisons de chez Kristof quand Lilith aperçut des cordons de police qui bloquaient sa rue.

Victor baissa sa vitre et se pencha vers l'agent qui interdisait le passage.

— Que se passe-t-il ? Un hold-up ?

— Non, un incendie dans un immeuble, mais il est déjà maîtrisé.

— J'espère que personne n'a été blessé !

— Il y a juste eu une personne gravement intoxiquée par la fumée. Un photographe. C'est dans son labo que le feu a pris.

Victor le remercia et remonta sa vitre. Quand il se retourna vers sa fille, celle-ci le dévisageait sans dissimuler sa haine.

— Comment as-tu osé t'en prendre à Kristof ? cracha-t-elle d'une voix vibrante de peur et de colère.

— Ma chérie, ne t'inquiète pas, nous avons besoin de lui pour le lancement de Maison d'Ombres. Il sera vite remis. Cependant, je me suis permis d'effacer de son esprit tout souvenir de toi, ou plutôt de Lili Graves, devrais-je dire. Et j'ai chargé Metzger et son fils de reconditionner la mémoire de tous ceux qui ont pu te croiser. Quant à cet incendie, il ne visait pas à supprimer Kristof, mais à effacer les preuves de l'existence de Lili Graves.

Il secoua la tête.

— Je me demande quel but tu poursuivais, mais tu as eu de la chance que je puisse tuer tes beaux projets dans l'œuf! Lilith, n'as-tu donc aucune idée du risque que tu courais? Il aurait suffi que quelqu'un te reconnaisse dans un journal ou sur une affiche et prévienne le Synode pour que le Lord-Chancelier signe ton arrêt de mort sans la moindre hésitation. Je n'arrive pas à croire que ma propre fille ait pu commettre une pareille idiotie!

— Rien ne t'obligeait à réagir comme ça! sanglota-t-elle. Tu aurais pu au moins me laisser garder Kristof.

— C'était impossible!

Victor ouvrit le book et en sortit une photo en noir et blanc. Lilith blêmit quand elle vit la tour Eiffel à travers son visage.

— Non seulement tu risquais d'attirer l'attention sur l'existence des vampires, mais tu compromettais ton mariage avec Jules. Si jamais le comte de Laval découvrait ces photos, il annulerait le contrat établi entre nos deux familles.

— Mais je n'ai même pas flirté avec Kristof.

— Là n'est pas la question! tonna Victor. Tu appartiens à l'aristocratie et tu es donc censée agir avec sagesse et discrétion. Ta conduite révèle ton égoïsme et ton inconscience, deux défauts à même d'anéantir les plus puissantes familles. Quel patriarche sain d'esprit voudrait donner à son héritier présomptif une épouse aussi immature? Tu n'es peut-être pas ma seule fille, mais c'est toi qui portes mon nom. Comme je n'ai pas de fils pour le perpétuer et que je ne voulais pas risquer que l'héritage et la saigneurie de notre famille soient usurpés, je me suis efforcé d'allier notre destin à celui d'une des familles aristocratiques les plus influentes du monde. Alors, que ce soit clair entre nous : primo, tu ne tenteras plus de tuer ta sœur...

— Quelle sale petite cafteuse ! Et d'abord, ce n'est pas ma sœur !

— Très bien, tu ne tenteras plus de tuer ta demi-sœur. Secundo, si tu fais ne serait-ce que chuchoter le nom de Cally devant ta mère, je te jure par Tanoch le Jeteur de foudre que j'enverrai moi-même ces photos au Synode ! Et pour finir, le plus important : si jamais tu essaies encore de me faire chanter, que tu sois mon héritière ou pas, je t'exterminerai !

— Tu n'oseras jamais !

— Tu paries ? Je ne suis pas arrivé là où j'en suis aujourd'hui sans avoir eu à verser le sang de quelques proches. Et comme tu le sais, j'ai une autre fille...

Cally s'assit et contempla le mannequin de couturière que sa grand-mère lui avait offert pour son treizième anniversaire. À part quelques petites finitions, sa tenue pour le grand bal était pratiquement terminée. Et elle la trouvait aussi époustouflante que les robes du soir haute couture que Melinda et les jumelles avaient payées plusieurs milliers de dollars. Dior n'avait qu'à bien se tenir !

Si on lui avait dit, un mois auparavant, qu'elle serait parmi les débutantes du grand bal des Ténèbres, elle aurait éclaté de rire. Pourtant, dans moins de quarante-huit heures, elle ferait ses débuts dans le monde très fermé de l'élite Sang-de-Race. Une fois de plus, elle se sentait déchirée par des sentiments contradictoires.

D'un côté, elle était impressionnée par le faste et le rituel de cet événement mondain et, de l'autre, elle s'en voulait d'y participer en trichant sur ses origines. Non seulement elle allait se faire passer pour la fille d'un homme qui n'était pas son père, mais elle n'était même pas vampire de sang pur. Bah... quelle importance, puisqu'elle partirait pour la Suède juste après le bal ?

Elle avait du mal à imaginer que d'ici trois jours elle filerait en motoneige vers le cercle arctique. Elle avait l'impression qu'on l'envoyait sur la lune ! Elle frissonna à la perspective de ne plus voir le pont et les lumières de la ville depuis ses fenêtres. Et qui s'occuperait de la tombe de ses grands-parents ?

Elle souffrait aussi de ne pas pouvoir dire au revoir à ses amis, mais ce n'était rien en comparaison du chagrin qu'elle éprouvait à la perspective de quitter le seul être qui comptait pour elle.

Elle n'avait jamais rien vécu d'aussi douloureux que sa rupture avec Peter. Si elle s'y était résolue, c'était uniquement pour le protéger. Cependant la pensée qu'ils ne se reverraient jamais lui était insoutenable. Elle ne voulait pas qu'il croie toute sa vie qu'elle avait cessé de l'aimer.

Elle se leva et se rendit dans le salon sur la pointe des pieds. Sheila s'était assoupie sur la méridienne et ronflait doucement, ses écouteurs sur les oreilles. Quant aux serviteurs morts-vivants, ils étaient occupés à emballer la vaisselle dans la cuisine. Rassurée, Cally retourna dans sa chambre et ferma la porte derrière elle avant de composer le numéro de Peter sur son portable.

— Allô ? répondit une voix endormie.
— Je suis désolée de t'appeler si tard, Peter.
— Cally ? C'est toi ? s'écria-t-il, soudain bien réveillé. Tu me manques trop !
— Pardonne-moi pour ce que je t'ai dit l'autre soir. Je n'en pensais pas un mot.
— Moi aussi, Cally, j'ai parlé sans réfléchir. J'ai paniqué à l'idée de te perdre. Et je me suis laissé emporter...
— Je connais. Je regrette sincèrement ce qui est arrivé. Ne pense surtout pas que je te déteste. C'est tout le contraire. Mais j'ai si peur...
— Peur de quoi ?
— Peur de te faire du mal. Je ne m'en remettrais pas s'il t'arrivait malheur à cause de moi.
— Cally, je ressens exactement la même chose. Chaque fois que j'entends un de mes coéquipiers annoncer qu'il a empalé un suceur de sang, enfin... que... qu'il a tué un

vampire, mon cœur s'arrête et je prie pour que ce ne soit pas toi. Si seulement on pouvait s'enfuir tous les deux et recommencer une nouvelle vie quelque part...

— Crois-moi, rien ne pourrait me faire plus plaisir, soupira-t-elle tristement. Malheureusement, je crains que ce ne soit impossible. Au moins pour l'instant.

— Qu'est-ce que tu veux dire ?

Cally prit une profonde inspiration.

— Écoute, Peter, la véritable raison de mon appel, c'est... Je... je voulais juste que tu saches ce que j'éprouve pour toi avant...

— Avant quoi ?

— ... avant de quitter New York.

— Tu pars ? Mais pourquoi ?

— Mon père nous envoie en Europe, ma mère et moi, pour nous protéger de sa femme.

— En Europe ! gémit-il comme si on lui arrachait le cœur. Et quand reviendras-tu ?

— Sans doute pas de sitôt.

— Je ne veux pas que tu t'en ailles, Cally ! Ta place est auprès de moi !

— Je n'ai pas envie de partir, Peter, mais je n'ai pas le choix.

Il réfléchit.

— Combien de temps nous reste-t-il avant ton départ ?

— Je dois m'en aller juste après le bal des Ténèbres.

— Mais c'est ce week-end, non ? Il doit bien y avoir un moyen de faire changer d'avis Victor Todd !

Cally écarta le téléphone de son oreille et le contempla avec stupeur.

— Peter, comment sais-tu que Victor Todd est mon père ? reprit-elle d'une voix glaciale.

— Oh, t'as dû me le dire... et... et... t'as oublié.

— Certainement pas, Peter. Je redoutais trop que tu ne veuilles plus me revoir si tu apprenais que j'étais la fille de l'ennemi juré de ton père.

Pendant qu'il se raclait la gorge tout en cherchant comment se sortir de ce pétrin, la vérité sauta brutalement aux yeux de Cally.

— Tu as toujours su qui était mon père ! s'écria-t-elle, ulcérée. Et tu ne m'as rien dit alors que tu savais combien c'était important pour moi ! Pourquoi tu m'as fait ça, Peter ? Tu faisais semblant de m'aimer pour endormir ma méfiance ?

— Non, Cally, tu te trompes ! J'avais peur que tu ne me quittes. C'était pour protéger notre amour.

— Avant de t'appeler, j'avais beaucoup de peine à l'idée de m'en aller, mais à présent je suis contente de partir !

— Cally, non, ne raccroche pas ! Je t'aime, Cally ! Sans toi, ma vie est un supplice !

— Tant pis pour toi ! lança-t-elle avant de refermer son téléphone d'un coup sec.

Elle s'essuya les yeux d'un geste rageur en tâchant de se convaincre que c'était mieux ainsi. Ça n'aurait jamais marché entre eux. Peter n'était pas fait pour elle et elle ne l'avait jamais réellement aimé !

C'était encore un mensonge, bien sûr. Mais, à force de le répéter, peut-être finirait-elle par y croire.

Chapitre 14

La Rolls s'arrêta à quelques rues de la gare Grand Central devant la bouquinerie Saint-Germain. «*Uniquement sur rendez-vous*», annonçait l'écriteau sur la porte.

— Qu'est-ce qu'on fait là? s'étonna Lilith.

— Il est temps que tu rattrapes ton retard.

— Mais Jules et les autres m'attendent au Clocher!

— Et ils t'attendront jusqu'à ce que tes notes s'améliorent! D'ici là, Bruno a l'ordre de ne te conduire qu'à la maison, à Bathory et ici, à la Scribothèque. Je te conseille par ailleurs de bien profiter du bal des Ténèbres, car ce sera ta dernière occasion avant longtemps de voir tes amis en dehors de l'école. Bruno reviendra te chercher avant le lever du soleil, ajouta Victor Todd en se penchant devant sa fille pour lui ouvrir la portière. Travaille bien!

Lilith pénétra dans une immense salle circulaire de la taille d'une patinoire olympique. La Scribothèque tenait à la fois du caveau, de la ruche et de la bibliothèque avec ses murs de presque vingt mètres de haut, creusés de niches comme on en voit dans les catacombes. Toutes étaient remplies de parchemins protégés par des tubes de cuir. Des créatures ailées volaient de l'une à l'autre pour y prendre ou y remettre un document. Le sol était occupé par des tables de lecture et des pupitres. Au centre trônait le bureau du Grand Scribe, qui dominait tout le monde, tel un juge.

— Je vous en prie, installez-vous, lui lança un des assistants avec un geste vers les tables. Quel genre de document recherchez-vous ?

Elle haussa les épaules.

— J'ai des problèmes en alchimie.

— Je reviens tout de suite.

Le scribe abandonna sa forme humaine et, d'un battement d'ailes, atteignit une niche située dix mètres plus haut.

— Tenez, dit-il en déposant devant elle un long tube en cuir. Si vous avez besoin d'autre chose, vous n'avez qu'à lever la main et l'un de nos assistants se fera un plaisir de satisfaire vos désirs.

— Merci.

Lilith attendit qu'il reparte avant de sortir le parchemin du tube pour l'étaler sur la table.

C'était ridicule! Comme si ça ne suffisait pas que son père ait coupé court à sa carrière de mannequin, voilà qu'il voulait la forcer à travailler. Quelle galère! S'il espérait ainsi lui faire abandonner ses rêves d'indépendance, il se mettait le doigt dans l'œil. Certes, elle avait joué les idiotes repenties et éplorées devant lui, mais l'attitude bornée de son petit papa n'avait réussi qu'à la conforter dans ses résolutions.

Elle s'était jetée dans le mannequinat les yeux fermés. Et, malgré son ignorance du fonctionnement du monde des humains, elle avait tout de suite percé. À présent qu'elle savait combien c'était facile de changer d'identité, elle brûlait de mener une double vie. Il lui suffirait de graisser la patte à une ou deux personnes bien placées pour obtenir une carte de sécurité sociale et les autres pièces d'identité dont elle aurait besoin pour évoluer librement parmi les humains.

En revanche, ce qui l'inquiétait davantage que les menaces de son père, c'était que son image commençait déjà à ne plus impressionner le film argentique. Par conséquent, elle n'apparaîtrait bientôt plus non plus sur les photos numériques.

Alors que les humains, dont l'existence était si courte comparée à celle de ses semblables, avaient réussi à transplanter les organes, à aller sur la Lune et à fractionner l'atome, il lui semblait ridicule que depuis l'arrivée des vampires sur cette planète, deux mille ans plus tôt, aucun d'entre eux n'ait cherché à remédier à cet inconvénient majeur. L'heure était venue de prendre exemple sur les humains. Si ceux-ci investissaient des milliards dans la recherche de crèmes et de lotions capables de repousser sinon d'inverser les effets de l'âge, elle devrait pouvoir arriver à trouver une crème qui permette aux vampires d'impressionner la pellicule !

Son père avait transformé de fond en comble la vie de ses congénères le jour où, grâce à lui, les vampires n'avaient plus eu besoin de chasser les humains pour assurer leur subsistance. Quelle révolution ce serait s'ils n'avaient plus à se méfier des surfaces réfléchissantes et des appareils de prises de vue ! À côté, la contribution de son père au bien-être de son peuple paraîtrait aussi futile que l'invention du houla-hop.

Lilith sourit en imaginant son père ramené à une simple note de bas de page dans leurs livres d'histoire. Décidément, cette idée lui plaisait. Oui, elle lui plaisait beaucoup !

Sûrement que parmi toutes les informations stockées dans la Scribothèque se trouvaient des réponses à ce problème crucial. Seulement, comment les dénicher ? Oui, comment pouvait-elle espérer remédier au fait que les vampires ne se reflétaient pas sur les miroirs alors qu'elle-même était nulle en alchimie ?

— Qu'est-ce que tu fais là ?

Elle leva les yeux. Xander Orlock était planté devant

elle, un rouleau de parchemin dans une main et un nécessaire de scribe dans l'autre. Il portait encore l'uniforme de Ruthven, la cravate desserrée et un peu de travers. Il était si pâle qu'elle devinait les veines de ses mains et de son visage. Ses doigts immenses lui firent penser à des pattes d'araignée. Ses cheveux blonds coiffés en arrière dégageaient son grand front, ce qui soulignait leur implantation en V. Avec ses oreilles en pointe, ses sourcils arqués et ses crocs non rétractables, il lui était impossible de se faire passer pour un humain ; pour un Orlock, toutefois, elle ne le trouvait pas si hideux que ça. Mais il restait un Orlock.

— À ton avis ? rétorqua-t-elle sans cacher son irritation.

— Tu es sûre que tu ne t'es pas perdue ? T'es pas dans un night-club ici.

Elle leva les yeux au ciel.

— Pas possible ! J'avais pas remarqué ! Si tu veux tout savoir, je suis là pour étudier cette maudite alchimie ! Si je ne remonte pas ma moyenne, je vais me faire virer de Bathory.

— C'est pas de bol !

Il s'éclaircit la gorge.

— Ça t'ennuie si je me mets là ? ajouta-t-il en montrant la chaise en face d'elle.

— Tu plaisantes ? lâcha-t-elle d'un ton glacial.

Xander perdit son sourire et tourna les talons.

Alors qu'il s'éloignait, Lilith songea brusquement qu'elle laissait s'échapper la solution à son problème. S'il y avait bien quelqu'un capable d'inventer sa nouvelle crème, c'était Exo. Elle se leva d'un bond et courut après lui.

— Exo, enfin, Xander, reviens, murmura-t-elle en l'attrapant par le bras. Ne sois pas idiot! Bien sûr que tu peux t'asseoir à côté de moi! C'était pour te taquiner.

— C'est vrai? murmura-t-il, ébloui par son sourire enjôleur. Ça ne t'ennuie pas?

— Bien sûr que non. Tu es le cousin de Jules. À propos, je croyais que tu habitais chez lui en ce moment. Qu'est-ce que tu fabriques ici?

— Je fais des recherches pour décrocher des points supplémentaires en nécromancie, expliqua-t-il d'un air piteux. Je sais, je sais, je suis irrécupérable, Jules n'arrête pas de le dire.

— Je ne vois pas ce qu'il y a de mal à ça, protesta-t-elle hypocritement en s'asseyant en face de lui.

Xander posa ses affaires sur la table et regarda le parchemin à moitié déroulé qu'elle essayait de déchiffrer.

— C'est toi qui as demandé ce texte?

— Non, c'est l'espèce de scribe, là-bas, qui me l'a donné.

— Tu veux parler de Clovis? gloussa-t-il. C'est un excellent scribothécaire, sauf que si tu lui demandes l'heure, il a tendance à te refiler une documentation sur la fabrication des montres. Tu t'en sortirais mieux avec le *Guide de l'apprenti alchimiste* de Skorzeny. C'est beaucoup plus facile à comprendre.

— Oh, merci, Exo! Jules m'a dit que tu lui donnais un coup de main en alchimie. Tu accepterais de m'aider, moi aussi?

Xander cligna des yeux de surprise et regarda autour de lui comme s'il n'était pas sûr qu'elle s'adressait à lui.

— Tu veux que je te donne des cours particuliers? C'est… c'est pas une blague?

Lilith se pencha vers lui, soudain sérieuse.

— Est-ce que j'ai l'air de plaisanter?

— Je croyais que tu ne m'aimais pas.

Elle éclata de rire.

— Que tu es bête, Xander! Où vas-tu chercher des idées pareilles? Je t'aime beaucoup! Les choses ont bien changé depuis que nous étions petits.

— Pas tant que ça. Enfin, écoute, Lilith… Voilà, je veux bien t'aider en alchimie, mais à une condition: que je t'escorte au grand bal.

— T'es tombé sur la tête! explosa-t-elle.

— Si tu refuses mon assistance… tant pis pour toi, murmura-t-il en rassemblant ses affaires.

— En fait, j'ai déjà demandé à Barnabas Barlow d'être mon cavalier.

— Je comprends. Mais c'est à prendre ou à laisser.

— Très bien! Tu as gagné! capitula-t-elle en cachant de son mieux le dégoût qu'il lui inspirait. J'irai avec toi.

Il lui tendit la main, fou de joie.

— Marché conclu, alors?

— Marché conclu.

Elle réprima un frisson quand ils se serrèrent la main.

Jules de Laval, vautré sur son immense lit, pianotait sur sa console de jeu vidéo tout en pensant à Lilith.

Il n'avait pas eu de ses nouvelles de la nuit et elle n'était pas venue au club. Aurait-elle découvert qu'il sortait avec Carmen? Non, là il en aurait entendu parler! En plus, il avait croisé Carmen au Clocher et elle n'avait l'air ni effrayée ni amochée, ce qui, à l'évidence, prouvait que Lilith ne se doutait de rien, du moins pas encore.

Pourtant, il espérait qu'elle les démasquerait bientôt, car Carmen commençait à lui taper sur les nerfs. Chaque fois qu'Oliver se levait pour aller leur chercher à boire ou se rendre aux toilettes, elle se frottait contre lui, ce qui lui déplaisait prodigieusement. Il était temps que Lilith s'aperçoive de son petit manège et la fasse dégager.

Carmen avait été une conquête trop facile. Elle rêvait tant d'imiter Lilith qu'il n'avait pas eu besoin de la draguer. Carmen portait déjà les mêmes marques, le même maquillage et le même parfum que Lilith, il ne lui restait plus qu'à lui piquer son petit copain!

Dès que Lilith découvrirait la vérité, cette petite aventure aurait rempli son office: se sentant menacée, elle s'intéresserait de nouveau à lui. Ces derniers temps, il la trouvait plus préoccupée d'elle-même et plus distante que jamais. Il la soupçonnait même de fréquenter un autre garçon en cachette, mais s'il laissait paraître sa jalousie, il perdrait l'avantage, et il n'en était pas question ! Car s'il avait autant besoin d'elle qu'elle de lui, il aurait préféré se casser une jambe plutôt que de l'avouer.

Oui, l'heure était venue pour Carmen d'aller rejoindre la cohorte des ex-meilleures amies de Lilith tombées en disgrâce et bannies de leurs fréquentations pour avoir tenté de lui voler son fiancé. Dès que l'attention de Lilith se relâcherait, il s'intéresserait à une autre. Et cette fois, il avait une conquête bien plus excitante en vue.

Cally n'appartenait pas à la clique de Lilith. En fait, jamais Jules n'avait vu sa fiancée haïr une fille à ce point. S'il réussissait à séduire Cally, il espérait mettre définitivement Lilith sous sa coupe. Et peut-être que cette fois il garderait aussi Cally. À la réflexion, il ne trouvait plus l'idée de harem de Sergueï si saugrenue.

— Hé, cousin ? T'es occupé ?

Xander passa la tête par l'entrebâillement de sa porte.

— Non, pas vraiment, répondit-il en appuyant sur « pause ». Entre. Qu'est-ce qui t'arrive ?

— Je reviens de la grande Scribothèque et je préfère t'en parler avant que ça te revienne aux oreilles... Pendant que je faisais des recherches, je suis tombé sur une fille que nous connaissons bien, toi et moi. Et, une chose en amenant une autre, elle m'a demandé de l'escorter au grand bal.

— Félicitations, Exo! Je t'avais dit de ne pas te décourager! Et qui est l'heureuse élue?

Xander se frotta la nuque d'un air gêné.

— Lilith.

Jules laissa échapper la télécommande.

— Tu me fais marcher?

— Urlock me soit témoin, j'ai rencontré Lilith à la Scribothèque et elle m'a demandé d'être son cavalier.

Jules se leva d'un bond.

— T'es en plein trip, là? Jamais Lilith ne mettrait les pieds dans un endroit pareil. Et elle a déjà un cavalier... Barnabas Barlow.

— Plus maintenant, répondit Xander avec un sourire hypocrite.

Jules plissa les yeux.

— Qu'est-ce que tu lui as fait pour qu'elle te préfère à Barlow? Tu lui as jeté un sort?

— Jamais je ne m'abaisserais à utiliser la sorcellerie sur un de nos congénères, protesta Xander. Ça te paraît donc si incroyable que j'aie réussi à la faire changer d'avis?

— Tu veux que je te réponde honnêtement? Oui. Alors, comment as-tu fait?

— J'avoue que je lui ai un peu forcé la main. Elle voulait que je l'aide en alchimie. Et j'ai accepté à condition de l'escorter au bal.

— Par le sang des Fondateurs! Lilith avait donc raison! T'en pinces pour elle!

— Jules, tout ce qui respire en pince pour elle! Et ça ne t'a jamais gêné jusqu'à présent. Moi qui croyais que ça te rassurerait qu'elle n'aille plus au bal avec ce bellâtre de Barlow!

— Ce n'est pas mon ami! Toi, tu l'es!

— Quelle importance, du moment que tu ne peux pas l'accompagner? Si je ne te connaissais pas, je croirais que tu es jaloux.

— Jaloux! ricana Jules. Et de quoi? Non, tu as simplement trahi ma confiance. Alors tu vas l'appeler tout de suite pour te décommander.

— Jules, si je ne l'aide pas, elle va se faire renvoyer. C'est ce que tu souhaites?

— Je m'en fiche complètement! Tout ce que je veux, c'est que tu la laisses tranquille!

Xander fusilla son cousin du regard.

— C'est parce que je suis un Orlock? Je pensais que toi, au moins, tu étais différent, mais oncle Vania avait raison: vous êtes tous les mêmes, les Laval! Vous ne comprenez toujours pas comment maman a pu épouser mon père sans qu'il ait eu recours à un philtre d'amour ou à un sortilège. Ce qui n'empêche pas ta famille de convoiter la saigneurie et la richesse des Orlock.

— Exo, attends! Tu te trompes, protesta Jules en le retenant par l'épaule. Enfin, tu me connais…

— Justement, Jules, répondit Xander en repoussant sa main. C'est bien ça le problème!

Xander ouvrit son sac et en sortit un rouleau de parchemin qu'il jeta au pied du lit de Jules.

— Voilà ton devoir d'alchimie. Ne compte plus sur moi pour la suite. Et si tu veux mon avis, c'est pas la peine d'investir dans une nouvelle planche de surf! Salut! On se verra au bal.

Chapitre 15

— Cally, dépêche-toi ! cria Sheila Mount. Ton cavalier ne va pas tarder !

Cally sortit de la salle de bains en estompant son rouge à lèvres avec du papier toilette.

— Le baron Metzger n'est pas mon cavalier, maman, il est censé être mon père !

— Tu as très bien compris ce que je voulais dire. Ne bouge plus, je vais te prendre en photo.

Cally leva les yeux au ciel.

— Maman !

— Quoi ? soupira Sheila en mettant une pellicule dans son Polaroïd. Une mère n'a pas le droit de photographier sa fille avant son départ pour le bal des débutantes ?

— Pas une mère de vampire, maman !

— Quel dommage que tes grands-parents ne soient plus là pour te voir ! s'écria Sheila avec un regard vers la photo encadrée de ses parents.

— J'ai comme dans l'idée que ça n'aurait pas plu à grand-mère que je fasse mes débuts au bal de la Nuit des Ténèbres.

— Cela aurait surtout déplu à ton grand-père. En revanche, ta grand-mère, même si elle t'a tenue à l'écart des vampires, a toujours su que le jour viendrait où il te faudrait choisir. Et elle aurait continué à t'aimer quelle que soit ta décision. Quant à moi, Cally, je sais que j'ai commis de nombreuses erreurs... mais je n'ai jamais considéré que tu en faisais partie. Je me rends compte que je ne suis pas le genre de mère dont une fille peut s'enorgueillir, mais il n'y a pas eu un instant depuis ta naissance où je n'ai pas été fière de toi.

— Maman, arrête, mon mascara va couler, murmura Cally en laissant échapper un petit rire étranglé.

Sheila braqua son appareil sur elle.

— Dis «hémoglobine»!

Cally se força à sourire et sa mère appuya sur le déclencheur à l'instant où on sonnait à la porte.

— Oh, c'est lui! s'exclama Sheila. Vite! Va chercher ton étole. Et ta pochette. N'oublie pas ton invitation!

Cally brandit son sac et le bristol.

— Arrête de paniquer, maman. S'il te plaît, va dans ta chambre à présent.

Sheila hocha la tête d'un air entendu et s'éloigna à contrecœur. Elle se retourna en arrivant au bout du couloir.

— Sois prudente, ma chérie. Et évite Lilith !

— J'en ai bien l'intention. D'ailleurs elle aussi m'ignore depuis quelques nuits, la rassura Cally qui s'était bien gardée de lui dire qu'elle avait choisi le fiancé de sa demi-sœur comme cavalier. Je te raconterai la soirée quand on se retrouvera à l'aéroport. Promis !

Sur ce, elle courut ouvrir aussi vite que ses hauts talons le permettaient.

— Bonsoir, baron Metzger.

La carrure athlétique et les traits fins, le baron Metzger avait tout de l'aristocrate européen.

— Bonsoir, mademoiselle Mount, la salua-t-il d'une belle voix de baryton. Votre père ne m'avait pas menti. Vous êtes d'une beauté saisissante. Et où avez-vous déniché cette tenue splendide, ma chère ? ajouta-t-il en contemplant son élégante robe noire, à la jupe évasée et au buste plissé orné d'une broche en rubis.

— C'est moi qui l'ai faite, avoua-t-elle avec un petit sourire timide.

— Votre père a omis de préciser que vous étiez aussi douée que belle. J'ai quelques relations dans la haute couture. Une fois que vous serez en sécurité loin de New York, je serais ravi de vous présenter à Nazaire, mon associé.

— Nazaire d'Ombres, le styliste ? Il est des vôtres… euh… des nôtres ?

Le baron hocha la tête.

— En effet ! Et je suis sûr qu'il sera emballé par vos idées.

— Oh, merci, baron ! s'exclama Cally qui avait du mal à contenir son enthousiasme. Et merci aussi de bien vouloir vous faire passer pour mon père.

Il inclina la tête, la main sur le cœur.

— En tant que vassal de votre père, je suis à ses ordres.

— Vous travaillez pour lui ?

— D'une certaine façon. En fait, j'ai juré fidélité à votre grand-père, Adolphus Todeskönig, il y a presque quatre cents ans, quand il a vaincu Kurt, mon père, usurpant ainsi la saigneurie des Metzger. Je suis donc lié à ses descendants pour l'éternité.

Cally dut faire un effort pour garder le sourire. Elle avait déjà du mal à imaginer qu'on puisse se faire servir par des morts-vivants, qui n'étaient ni plus ni moins que des gens assassinés par vos ancêtres. Mais que le baron lui déclare avec autant de détachement que son père était un ancien ennemi de sa famille dépassait son entendement !

— Venez, ma chère, il est temps d'y aller. La propriété du comte Orlock n'est pas à côté !

— Oui, baron.

Cally s'empressa de prendre ses affaires.

— Mon Dieu, vous êtes une enfant bien polie pour notre époque ! Mais il serait plus sage désormais de m'appeler père et de me tutoyer.

Dès qu'elle entendit la porte d'entrée se refermer, Sheila retourna s'asseoir sur sa méridienne, laissant Walther et Sinclair démonter les meubles de sa chambre. Elle glissa la main sous le fauteuil, en sortit une bouteille de bourbon et en but une rasade. Le home cinéma, déjà enveloppé de plusieurs couches de plastique à bulles, attendait les déménageurs. Elle contempla la photo de ses parents.

— Je veux que tu saches que je suis désolée, papa, murmura-t-elle, les joues ruisselantes de larmes.

Alors qu'elle levait de nouveau la bouteille, elle entendit une sonnerie assourdie qui semblait provenir de la chambre de Cally.

Un portable ? Depuis quand sa fille en possédait-elle un ? Elle se leva et alla d'un pas chancelant jusqu'à la chambre de Cally où elle découvrit un mobile enfoui dans les draps du canapé-lit.

Sheila examina l'écran pour identifier le correspondant, mais rien n'apparaissait. Elle ouvrit le mobile et le mit contre son oreille.

— Cally ! Dieu soit loué, j'ai réussi à te joindre à temps ! lança une jeune voix masculine essoufflée. Il faut que tu me croies... je n'ai jamais voulu que ça se termine comme ça... Je t'en supplie, pardonne-moi, mais j'avais tellement peur de te perdre pour toujours. Ne raccroche pas ! Je sais que tu ne veux plus me parler, mais il faut que tu m'écoutes !

— Qui êtes-vous ? grommela Sheila.

— Cally ?

Le ton du jeune homme passa brusquement du désespoir à la méfiance.

— Je suis sa mère. Ma fille n'est pas là. Elle est partie au grand bal.

— Oh, non, madame Mount! Il ne faut pas qu'elle y aille...

— Je vous ai reconnu! le coupa Sheila. Vous êtes ce voyou de Maledetto. Vous avez un sacré toupet d'appeler ma fille ici. Laissez-la tranquille! Elle n'a rien à faire avec un petit tueur à gages comme vous!

— Madame Mount, s'affola le jeune homme, vous êtes toutes les deux en danger! Vous devez absolument quitter votre appartement!

— Laissez-nous tranquilles et ne vous approchez plus de ma fille, vous m'entendez? Elle n'a pas besoin que vous veniez lui compliquer la vie!

Sur ces mots, Sheila referma l'appareil d'un coup sec et le jeta sur le lit. Alors qu'elle sortait de sa chambre, elle entendit frapper violemment à la porte d'entrée. Sans doute les déménageurs venus enlever les meubles.

— Une minute, j'arrive! cria-t-elle. Inutile de défoncer la porte!

Bien qu'elle n'ait pas été élevée au sein de la société vampire, Cally savait que la Nuit des Ténèbres était une de leurs fêtes les plus sacrées. Dans le monde entier, les

Sang-de-Race et les Sang-Neuf se réunissaient cette nuit-là depuis des millénaires pour commémorer l'arrivée de la saison des Ténèbres pendant laquelle les nuits étaient plus longues que les jours.

Une foule d'importants Sang-de-Race étaient ainsi venus du monde entier assister au bal des débutantes donné au château du comte Boris Orlock.

King's Stone se dressait au bout d'une longue allée, tel un monstre marin surgi de l'océan. Quatre tours montaient la garde aux quatre points cardinaux. Tandis que la vénérable Duesenberg du baron s'approchait lentement du château, Cally aperçut un jardin de topiaires. Elle sourit à la vue des arbres sculptés en forme d'animaux plus ou moins mythiques, avant de s'apercevoir qu'ils représentaient des prédateurs fondant sur leurs proies : un lion sautant sur une gazelle, un loup attaquant un mouton, un dragon se ruant sur un porc…

Alors qu'elle contemplait ces scènes macabres, un mouvement attira son regard. Elle plissa les yeux, intriguée. Un homme titubait entre les arbres, ses vêtements en lambeaux, en agitant une canne blanche devant lui.

— Au secours! criait l'aveugle, au comble de la terreur. Par tous les saints, aidez-moi!

Une bande d'enfants surgirent de derrière le loup en buis en poussant des cris de joie. D'un seul élan, ils se jetèrent sur leur victime et la plaquèrent au sol. Cally détourna les yeux quand ils plantèrent leurs petits crocs acérés dans la gorge du malheureux qui se débattait.

— Ah, colin-maillard ! s'exclama le baron, d'un ton nostalgique. L'innocence de la jeunesse !

Dès que la voiture s'arrêta au milieu de la cour pavée, un serviteur mort-vivant en livrée se précipita pour ouvrir la portière à Cally.

Tandis qu'elle gravissait l'escalier au bras du baron Metzger, elle crut apercevoir une gargouille perchée sur le haut du toit conique de la tour nord.

Ils furent accueillis par le maître d'hôtel des Orlock qui vérifia leur invitation et les dirigea ensuite vers la grande salle de réception. Deux serviteurs écartèrent devant eux la porte à double battant. Cally poussa un cri admiratif lorsqu'elle découvrit une somptueuse salle au plafond voûté et aux murs tendus de damas rouge et couverts de tapisseries du XIIe siècle. Trois cents vampires bavardaient gaiement tout en dégustant le sang qui coulait à flots des fontaines en or massif posées sur une longue table.

— Viens, ma chérie, dit le baron. Nous devons aller présenter nos respects aux seigneurs de King's Stone. Ah, les voilà ! Bonsoir, Boris !

Le maître des lieux se retourna vers eux.

Cally avait beau avoir entendu parler des Orlock depuis sa plus tendre enfance et connaître Xander, le fils du comte, rien ne l'avait préparée à une telle rencontre.

Mesurant plus de deux mètres malgré son dos bossu, le comte Boris Orlock, héritier de la saigneurie du puissant Urlock le Terrible, tenait à la fois du squelette, de la chauve-souris et de l'araignée. D'une maigreur cadavéreuse, le crâne complètement chauve, il possédait de longs crocs qui, telles des aiguilles à tricoter, dépassaient de ses lèvres étrangement sensuelles. De ses oreilles de chauve-souris démesurées et pointues s'échappaient des touffes de poils frisés. Ses immenses bras décharnés, qu'il gardait plaqués contre le corps, se terminaient par des mains desséchées, aux doigts aussi filiformes et noueux que les pattes d'un crabe. Pourtant, en dépit de cette apparence effroyable, il émanait de lui une dignité que l'on ne trouve que chez les gens aussi puissants que laids.

Il serra chaleureusement les mains de son invité entre les siennes.

— Karl! Quel plaisir de vous voir, mon vieil ami! s'écria-t-il avec un sourire qui fit saillir ses crocs.

— Le plaisir est partagé, cher Boris! Et vous êtes toujours aussi exquise, comtesse...

La Belle et la Bête... Une peau de nacre, les yeux bleu saphir, les cheveux platine, dans son fourreau pailleté, la comtesse Juliana Orlock était la beauté incarnée.

— Ah, baron, vous êtes un incorrigible flatteur! s'esclaffa-t-elle.

Le baron fit avancer Cally.

— Vos Saigneuries, j'aimerais vous présenter ma fille, Mlle Cally Mount.

Le comte Orlock prit la main de Cally entre les siennes et elle fut surprise de leur délicatesse.

— J'ignorais que vous aviez une fille, Metzger.

— Cally est la fille d'une de mes concubines Sang-Neuf. À présent que ma chère femme n'est plus de ce monde, j'ai décidé de la reconnaître.

Le comte Orlock approuva d'un hochement de tête.

— Ah, cette enfant est délicieuse!

— Vous êtes trop bon, comte, dit Cally en esquissant une révérence.

— Assez bavardé avec un vieux fossile comme moi! gloussa Orlock. C'est la Nuit des Ténèbres! Elle est faite pour les jeunes! Un de mes pages va vous emmener rejoindre les autres débutantes. La cérémonie va bientôt commencer.

Chapitre 16

La salle où étaient regroupées les débutantes se situait au troisième étage. Le sombre corridor qui y conduisait était éclairé par des chandeliers fichés dans des appliques en forme de bras. Le serviteur ouvrit une porte en chêne qui révéla un imposant salon de style Louis XIV. Tout en cherchant ses amies des yeux, Cally reconnut plusieurs filles de Bathory et repéra aussi quelques inconnues, dont une fille en sari noir Versace et une autre, très brune, vêtue d'une création de la fabuleuse styliste japonaise Rei Kawakubo.

Les jumelles Maledetto et Melinda s'étaient installées à l'écart, le plus loin possible de la bande de Lilith. Assises sur une causeuse, Bella et Bette procédaient aux vérifications ultimes de leur maquillage et de leur coiffure. C'était la première fois que Cally les voyait porter leurs cheveux défaits et des tenues différentes. À côté d'elles, Melinda enfilait une paire de sandales à hauts talons.

Cally se dirigea machinalement vers elles avant de s'arrêter brusquement. Même si elle mourait d'envie de passer sa dernière soirée à New York avec ses amies, elle n'osait aller à l'encontre des souhaits de son père.

Une femme d'un certain âge, vêtue d'une robe bustier si serrée qu'on avait l'impression que ses seins allaient lui sauter à la figure, apparut subitement devant elle.

— Vous êtes en retard! La cérémonie débute dans moins d'une heure. Qui êtes-vous?

— Cally Mount.

La femme consulta son agenda électronique en tapotant dessus avec son stylet.

— Mount... Mount... Ah, vous voilà! Je m'appelle Pandora Grume et je suis chargée de veiller à ce que vous soyez toutes prêtes à l'heure.

— Qu'est-ce qu'elle fiche là? s'exclama Lilith Todd, les mains sur les hanches, dans une somptueuse robe noire en mousseline de satin de Marchesa. Depuis quand le comité de sélection étend-il ses invitations aux bâtardes sans père?

Un silence consterné s'abattit sur la salle tandis que tous les regards convergeaient vers Cally.

— J'ai un père, déclara Cally sans se départir de son calme.

— Tu parles, Lilith m'a dit que tu ne connaissais pas son nom! rétorqua Carmen.

— Ce n'est plus le cas, lui répondit Cally tout en

gardant un œil sur Lilith. Mon père vient de me reconnaître officiellement.

Lilith sursauta et préféra se taire. Carmen, elle, continua d'attaquer.

— Ah oui ? Et on peut savoir qui c'est ?
— Le baron Metzger.
— Metzger ? murmura Lilith d'une voix tendue, les yeux suspicieux.

La voix de Mme Grume retentit au-dessus des conversations et des rires.

— Silence, mesdemoiselles ! Il est temps de venir chercher vos bouquets.

Elle s'écarta pour laisser passer un valet qui poussait un chariot chargé de treize bouquets de roses, tous différents. Chacun portait une carte avec le nom de la jeune fille à laquelle il était destiné et celui du jeune homme qui le lui envoyait.

Lilith se plaça d'autorité en tête de la file. Elle découvrit avec surprise que son bouquet était l'un des plus jolis : six roses rouge vif, décorées de délicates tiges de saules tressées, nouées d'un ruban de satin noir. Exo était peut-être un intello et laid comme un pou, mais au moins avait-il bon goût. Alors qu'elle prenait ses fleurs, elle repéra le nom de Cally sur une carte attachée à un bouquet de roses Magie Noire d'un rouge sombre et velouté aux tiges enveloppées de dentelle ancienne.

Quel naze pathétique pouvait avoir accepté d'escorter cette bâtarde de sang-de-navet ? Décidée à ne pas rater une occasion de se moquer, elle retourna la carte et resta pétrifiée. Il devait y avoir une erreur ! Ce n'était pas possible ! Il ne pouvait pas lui faire ça ! Il savait qu'elle haïssait Cally ! Le cœur de Lilith se mit à cogner si fort qu'elle crut qu'il allait exploser.

— Ça ne va pas, Lilith ? s'inquiéta Carmen.

Lilith attrapa son bouquet et s'enfuit de la pièce sous le regard perplexe de la rouquine. Celle-ci saisit son bouquet, une demi-douzaine de roses écarlates rehaussées de cristaux de Swarovski, et courut après son amie.

Elle la retrouva dans le boudoir situé en face du salon. Lilith s'était précipitée vers le lavabo et avait ouvert le robinet d'eau chaude. Elle attendit que de l'eau fumante s'en écoule pour plonger ses mains dedans. Elle serra les dents tandis que sa peau rougissait et se couvrait de cloques.

— Qu'est-ce que tu fais ? gémit Carmen.

— Je ne pleurerai pas, rugit Lilith entre ses dents avant de s'écarter du lavabo. Pas devant elle. En plus, j'veux pas abîmer mon maquillage !

Les brûlures qu'elle s'était infligées commençaient déjà à s'estomper comme la douleur qui les accompagnait. Lilith avait bien failli craquer devant les autres, mais s'ébouillanter les mains lui avait permis de retrouver ses esprits.

— Que se passe-t-il? murmura Carmen.

— C'est Jules.

— Qu'est-ce qu'il a encore fait? bredouilla-t-elle, angoissée à l'idée que Lilith ait appris sa trahison.

— C'est lui qui escorte Cally!

Passé son premier soulagement, Carmen éprouva une jalousie féroce qu'elle déguisa sous un air scandalisé.

— Quelle garce! Comment a-t-elle osé? Je vais lui dire ce que je pense d'elle!

Elle sortit en trombe du boudoir et fonça vers le salon, les poings crispés.

«Le salaud! Il a refusé de m'accompagner pour dire oui à cette traînée de sang-de-navet!»

Cally était assise sur la causeuse quand Carmen se rua sur elle, ses yeux vert émeraude brûlants de rage.

— Ce que tu as fait à Lilith est abominable! explosa-t-elle.

— Je ne vois pas de quoi tu parles, répondit Cally.

— Arrête ton cinéma! Tu le sais très bien. Tu essaies de lui piquer Jules!

Cally la regarda comme si elle délirait.

— T'es malade ou quoi? Il se contente de m'escorter, point final. C'est pas moi qui lui roule des pelles en cachette de Lilith.

— Qu'est-ce que tu veux dire? bafouilla Carmen, sa jalousie remplacée par une peur panique.

— À ton avis ? Moi, je n'ai rien à me reprocher. Je ne me fais pas passer pour l'amie de Lilith.

Carmen jeta un regard embarrassé autour d'elle. Tout le monde les écoutait. Incapable de trouver une réplique cinglante qui lui permette de sauver la face, elle battit en retraite et aperçut alors Lilith qui la dévisageait d'un œil glacial depuis le seuil de la pièce.

— Lilith, ce n'est pas du tout ce que tu crois, se défendit-elle aussitôt.

Lilith passa devant elle sans un mot. Quand Carmen voulut la suivre, elle l'arrêta d'un regard assassin.

— Non !

Lilith alla rejoindre Lula et Armida. Carmen n'en revenait pas. Comment avait-elle pu tomber en disgrâce aussi brutalement ? Alors que cette soirée devait signer son entrée officielle dans l'élite des Sang-de-Race, sa vie sociale venait d'être tranchée net, tel un membre gangrené sous le bistouri du chirurgien.

Tandis que Carmen rêvait de disparaître sous terre, les portes du salon s'ouvrirent en grand. Mme Grume entra, suivie d'un serviteur qui poussait cette fois un chariot chargé d'un gros bol à punch en cristal rempli d'un liquide rouge foncé et entouré de treize coupes assorties.

— Vous allez boire quelque chose d'extraordinaire, mesdemoiselles ! annonça Mme Grume. Le comte Orlock a personnellement sélectionné pour vous ce sang unique :

un phénotype HH, le fabuleux sang de Bombay, le plus rare au monde!

Le serviteur versa le précieux breuvage dans les délicates coupes en cristal avec mille précautions. Puis il les tendit une à une aux jeunes filles rassemblées autour de lui.

Mme Grume porta un toast.

— Les Fondateurs soient loués!

— Aux Fondateurs! répondirent à l'unisson les débutantes en levant leur verre.

Cally avala une gorgée. Elle n'avait jamais rien bu d'aussi bon. C'était donc ainsi que vivaient les richissimes Sang-de-Race!

Elle était si occupée à savourer ce nectar qu'elle ne vit pas Lilith approcher.

— Attention! jeta hargneusement Lilith, et elle lui donna un coup de coude.

Les autres poussèrent un cri en voyant la coupe se renverser sur la tenue de Cally.

— Ma robe! gémit Cally.

— C'est pas ma faute si tu m'as bousculée! se défendit Lilith avec un sourire méprisant.

Cally entra dans une telle rage que tout son corps se mit à vibrer.

— Tu l'as fait exprès!

— Comment oses-tu m'accuser de ta maladresse?

— Retire ça tout de suite!

— Ah oui ? Qu'est-ce que tu vas me faire, sinon ?

À la surprise de Cally, Bella et Bette Maledetto se précipitèrent à sa rescousse.

— Retire ce que tu viens de dire, Lilith ! ordonna Bella d'un ton sec.

— Oui, fiche-lui la paix, ajouta Bette.

Lilith regarda machinalement derrière elle avant de se souvenir qu'elle ne pouvait plus compter sur le soutien de Carmen. Et quand elle se tourna vers Armida et Lula qui n'avaient rien perdu de la scène, celles-ci évitèrent son regard.

— Qu'est-ce qui t'arrive, Lilith ? demanda Melinda en rejoignant ses amies. T'as perdu ta langue ?

Lilith les foudroya du regard et déguerpit sans demander son reste. Les quatre amies se dévisagèrent en soupirant de soulagement.

— Je n'en reviens pas que vous soyez venues à mon secours après la façon dont je vous ai traitées ! s'écria Cally.

— Melinda et toi, vous êtes les seules filles de Bathory à avoir été gentilles avec nous, rétorqua Bette. Vous êtes les seules véritables amies que nous ayons jamais eues.

— Bette a raison, acquiesça Bella. Rien ne pourra jamais entamer l'affection que nous avons pour toi, Cally.

Cally eut soudain honte devant cette démonstration de loyauté. Comment avait-elle pu laisser Victor Todd, qui était presque un étranger pour elle, la convaincre de couper les ponts avec ses meilleures amies ?

— Tant pis si ça doit m'attirer des ennuis, à partir de maintenant je fréquenterai qui je veux! déclara-t-elle. Et si ça ne plaît pas à mes parents, qu'ils aillent au diable!

D'ailleurs quelle différence cela ferait-il pour son père si elle passait cette dernière soirée avec elles? songea-t-elle.

— Je suis si fière de vous deux. Vous êtes magnifiques!

— J'adore ta robe! déclara Bette d'un ton enthousiaste.

— Moi aussi! renchérit Bella. Quel dommage qu'elle soit tachée! ajouta-t-elle avec une grimace.

— On va arranger ça, les rassura Melinda.

Elle entraîna Cally vers un siège et sortit de sa pochette un petit flacon vert et un mouchoir.

— C'est une recette secrète que nous nous transmettons de mère en fille. Il suffit de quelques gouttes pour faire disparaître n'importe quelle tache sans abîmer le tissu. J'en ai toujours sur moi au cas où.

— Merci, Melinda. T'es trop sympa!

Melinda haussa les épaules.

— C'est la moindre des choses. Je ne t'ai pas remerciée pour l'autre nuit.

— Laisse tomber!

— Tu voudrais que j'oublie une dette de sang? Impossible! Tu m'as sauvé la vie. Et aussi celle de mon ami, ajouta-t-elle à voix basse. Il s'appelle Tommy Bang. Pas de plaisanterie, je t'en prie. Son père est le chef des Tigres Fantômes de Chinatown.

— Tu ne me dois rien, Melinda. Tu aurais fait pareil à ma place.

— Sans aller jusqu'à souhaiter que tu te fasses poursuivre par les Van Helsing, j'espère un jour pouvoir te le prouver.

— Je ne suis pas pressée ! gloussa Cally.

— Très bien, mesdemoiselles, le grand moment est arrivé ! annonça Mme Grume. Mettez-vous en file indienne dans le couloir !

Les débutantes rassemblèrent leurs affaires et sortirent dans le corridor pendant que Mme Grume consultait son agenda électronique.

— Qui est la première ?... Armida Aitken !

— Présente, répondit celle-ci en levant la main.

— Et vous avez comme cavalier...

— Erik Geist.

— Très bien, Armida, vous allez vous mettre derrière cette porte, au bout du couloir. Quand elle s'ouvrira et que vous entendrez appeler votre nom, vous vous avancerez vers votre père qui vous attend en haut de l'escalier. Vous lui offrirez votre main droite, tout en tenant votre bouquet de la gauche. Il vous conduira en bas des marches et vous confiera alors à votre cavalier, le jeune Geist. Celui-ci vous prendra par la main droite et vous mènera dans la salle de bal où vous ferez la révérence aux quatre points cardinaux puis devant nos hôtes. Après quoi, M. Geist vous escortera jusqu'à l'estrade à l'autre bout de la salle où vous vous assiérez pendant qu'il se placera derrière vous. Vous attendrez ensuite que toutes vos camarades fassent de même. La présentation de la treizième et dernière débutante donnera le signal de la première valse. Vous poserez alors votre bouquet sur votre siège et vous vous avancerez vers la piste de danse avec votre cavalier. Vous avez compris, mon enfant ?

— Oui, j'attends que la porte s'ouvre et qu'on appelle mon nom.

— C'est cela même ! soupira Mme Grume.

Cally attendit son tour en compagnie de Melinda et des jumelles. Quand celles-ci franchirent la porte pour descendre l'escalier avec leur père, Melinda lui glissa à voix basse :

— On m'a chargée de te dire que tu avais désormais des amis à Chinatown.

— C'est toujours utile d'avoir des amis.

— Surtout si tu continues à provoquer Lilith. Qu'est-ce qui t'a pris de choisir Jules comme cavalier ?

— J'ai eu envie de la faire enrager !

Alors que les deux amies étouffaient un gloussement, Cally songea qu'elle reverrait cet instant toute sa vie, dût-elle vivre des siècles. À cette pensée, son plaisir d'être avec Melinda et les jumelles se teinta de mélancolie. Elle ressentit subitement le besoin de confier tous ses secrets jusqu'au dernier.

— Melinda, j'ai un aveu à te faire…

Au même moment, Mme Grume tapota l'épaule de Melinda.

— Mademoiselle Sarcasse, ça va être à vous !

Melinda lança un regard anxieux à Cally.

— Je suis comment ?

— Absolument magnifique, Melinda.

Melinda s'approcha de la porte en serrant le bouquet sur son cœur. Elle se retourna brusquement.

— Qu'est-ce que tu voulais me dire ?

— Je voulais juste te remercier d'être mon amie, mentit Cally.

La porte s'ouvrit.

— Anton Sarcasse, de Manhattan, a l'honneur de vous présenter sa fille, Melinda ! clama une voix dans le lointain.

Cally laissa échapper un petit soupir de soulagement tandis que Melinda s'avançait vers l'escalier. Bien que convaincue d'avoir frôlé la catastrophe, au fond elle regrettait de ne pas avoir eu le temps de se décharger de ses lourds secrets.

En fin de compte, elle avait beau avoir d'authentiques amis, elle devait toujours garder ses distances. Et elle trouvait révoltant que son père la force à partir sans faire ses adieux !

Chapitre 17

— Vous avez mal à la main, mon enfant? demanda Mme Grume.

Cally suivit son regard et s'aperçut qu'elle frottait machinalement sa paume gauche contre sa cuisse.

— Ce n'est rien, juste le trac.

— Je vous assure que vous n'avez aucune raison de vous inquiéter. Vous êtes divine!

La porte s'ouvrit devant elle et elle entendit annoncer :

— Le baron Karl Metzger, de Berlin, a l'honneur de vous présenter sa fille Cally Mount!

S'accrochant à son bouquet comme à une bouée de sauvetage, Cally s'avança vers le superbe escalier en marbre décoré de lierre. Elle aperçut à l'étage inférieur une immense salle de bal de style gothique avec son plafond voûté en pierre de taille, ses grandes fenêtres en ogive qui donnaient sur le parc et ses tapisseries Renaissance éclairées par d'énormes lustres. Toute l'assistance avait la tête levée vers elle et la dévisageait avec curiosité. Des bribes de phrases flottèrent jusqu'à elle.

— Je ne savais pas qu'il avait une fille…
— Il paraît qu'il l'a eue avec une de ses concubines…
— Quelle robe ravissante…

Cally sentit ses genoux trembler. L'étrange fourmillement dans sa main s'amplifia et gagna son bras. Elle regarda sur sa droite et vit son prétendu père, une marche en dessous d'elle, qui lui tendait la main.

— Tu n'as aucune raison d'être nerveuse, ma chérie.

Cally prit sa main avec reconnaissance. En descendant l'escalier, elle scruta la salle de bal à la recherche de son véritable père. Son sourire vacilla quand elle s'aperçut qu'il n'était pas là.

Jules s'avança vers elle d'un air impatient. Il était splendide dans son smoking.

— Prenez bien soin d'elle, jeune homme, lui recommanda le baron Metzger avec un clin d'œil.
— Vous pouvez compter sur moi, monsieur, promit Jules.

Tandis qu'il escortait Cally afin de procéder à sa présentation officielle à la haute société vampire, le quatuor dissimulé dans la fosse d'orchestre se mit à jouer du Mozart.

Cally fit sa première révérence en direction de l'ouest, emblème du soleil couchant.

— T'as peur ? lui glissa Jules à voix basse.

— Je suis terrorisée! répondit-elle dans un souffle.
— Y a pas de raison, tu es parfaite!
— Tu le penses vraiment?
— Regarde-les!

Cally observa les invités qui entouraient la piste. Quelques-uns la dévisageaient sans la moindre sympathie, mais la plupart semblaient dévorés de curiosité.

Jules sourit.

— Tu les as dans la poche.

Elle se présenta ensuite à l'est de la pièce, au sud, puis au nord, qui symbolisaient respectivement le lever de la lune, la tombée du jour et la montée des ténèbres.

Le moment était venu d'exécuter sa cinquième et dernière révérence devant leur hôte et son épouse. Jules la conduisit vers la monumentale cheminée près de laquelle le comte et la comtesse avaient pris place sur des trônes incrustés d'os et d'ivoire.

— Au nom des Fondateurs, je reconnais en vous une enfant de notre Sang, fille de Metzger, déclara solennellement le comte Orlock.

— Merci, Monsaigneur, répondit-elle.

Jules l'accompagna alors vers l'estrade de l'autre côté de la pièce, où les autres débutantes étaient assises face à la piste, leurs cavaliers debout derrière elles.

Cally aperçut son père, au pied de l'escalier, en queue-de-pie blanche, qui attendait son tour. Près de lui se tenait une femme très élégante. Elle portait une robe en crêpe lilas, ses cheveux blonds étaient relevés en un chignon très sophistiqué et elle avait le même regard de glace que Lilith.

Lorsque Cally rejoignit les autres débutantes, Melinda et les jumelles l'accueillirent chaleureusement.

— Tu as été fabuleuse!

— Merci, Bella.

Cally n'avait jamais vu les deux garçons qui se tenaient derrière les jumelles, mais elle reconnut le cavalier de Melinda.

— Je suis ravi de te revoir, Cally, la salua Lucky Maledetto, avec un sourire en coin.

Elle rougit.

— Moi aussi.

Son bouquet sur les genoux, elle contempla l'assistance. Elle aperçut alors Victor Todd qui la fusillait du regard, visiblement furieux qu'elle s'affiche en public avec les Maledetto. Le cœur serré, elle détourna les yeux.

Depuis une heure que Lilith attendait impatiemment son tour de franchir la porte, elle avait eu tout le loisir de réfléchir à l'affront qu'elle avait subi. Son père, Jules et sa soi-disant meilleure amie avaient conspiré dans son dos pour lui gâcher cette soirée qui devait voir son heure de gloire.

Certes, la coupable était Cally – c'était elle qui avait demandé à Jules d'être son cavalier. Bien sûr, il aurait pu refuser, mais il était faible comme tous les hommes, qu'ils soient vampires ou humains. Qu'il flirte avec les filles de leur entourage, passe encore, mais là, il était allé trop loin! Et elle le lui ferait payer très cher.

Elle se demanda si Cally croyait réellement que le vieux baron était son père. Et qu'est-ce que Victor Todd et Metzger pouvaient bien manigancer?

En plus, il y avait le problème de Carmen. Décidément, elle se révélait aussi faux jeton qu'immorale! Comparée à l'affront de son père et de son fiancé, sa trahison méritait à peine d'être relevée. Mais quand même...

Tandis qu'elle s'interrogeait sur ce qui avait pu tous les pousser à se retourner contre elle, sa colère se mua en haine froide et calculatrice. Seul son désir de vengeance l'empêcha de sombrer dans le terrible vide qui menaçait de l'engloutir.

Elle réfléchissait si intensément à la manière de provoquer leur chute qu'elle faillit ne pas entendre l'appel de son nom.

Quand elle arriva en haut de l'escalier, tous les regards étaient rivés sur elle. Elle se retrouvait le centre d'attraction des trois cents Sang-de-Race les plus influents, les plus puissants et les plus privilégiés de la planète. Pourtant elle n'éprouvait rien de comparable à ce qu'elle avait ressenti devant l'objectif. Il avait suffi qu'elle goûte une fois à la griserie de cette attention totale et inconditionnelle pour comprendre que rien ne pourrait jamais l'égaler.

Elle se surprit à penser à Kristof. Il aurait sans doute vendu son âme au diable pour photographier un spectacle aussi grandiose.

Elle prit la main de son père en se forçant à sourire. Tandis qu'ils descendaient l'escalier qui symbolisait son passage à l'âge adulte, un tonnerre d'applaudissements éclata.

— Je ne sais pas ce que tu espères en faisant passer ton enfant de l'amour pour la fille de Metzger, lui glissa-t-elle sans cesser de sourire, mais tu perds ton temps.

— Je n'y suis pour rien si elle est là ce soir, répliqua-t-il du coin des lèvres. Metzger me fait chanter. Non seulement il est au courant de l'existence de Cally, mais il m'a menacé d'envoyer tes photos au Synode.

— Qu'est-ce que tu comptes faire ?

— Lui donner beaucoup d'argent, bien sûr. Et il a exigé de s'allier à notre saigneurie. Je lui ai accordé la main de ta sœur en échange de son silence.

— Quoi ? souffla-t-elle, estomaquée.

— Ce n'est pas moi, mais ton public que tu dois regarder ! la rappela-t-il à l'ordre. Cally ignore tout de ces tractations et, pour elle, Metzger est son père. Aurais-tu préféré que je lui propose ta main à la place ? Tu ne me croiras peut-être pas après tout ce qui s'est passé entre nous ces derniers jours, mais tu es ma fille, Lilith, ajouta-t-il alors qu'ils arrivaient au pied des marches. Je ferai l'impossible pour te protéger, princesse.

Lilith le lorgna du coin de l'œil. Disait-il la vérité ? Xander Orlock, vêtu d'un smoking Versace, ses cheveux blonds coiffés en arrière, s'avança et la prit par la main.

Il leva vers elle ses yeux gris profondément enfoncés et un sourire retroussa la lèvre supérieure de sa grande bouche sensuelle.

— Tu n'as jamais été aussi belle qu'aujourd'hui, Lilith.

Elle se surprit à lui sourire. Puis, sans un regard pour son père, elle le suivit dans la salle de bal. Quand ils passèrent devant l'estrade sur laquelle se trouvaient les autres filles et leurs chevaliers servants, elle décocha à Jules un regard assassin. Stupéfaite, elle vit la jalousie se peindre sur le visage de son promis.

Observant alors les regards noirs échangés par les deux cousins, elle comprit qu'elle tenait le moyen de se venger de la trahison de Jules avec son abominable demi-sœur. Elle dut faire un effort pour ne pas laisser paraître sa jubilation. Qui aurait pu imaginer que cet abruti d'Exo se révélerait aussi utile ?

Pendant que Xander la menait à l'ouest, à l'est, au sud et au nord, Lilith mit un point d'honneur à sourire comme si elle appréciait sa compagnie. Elle remarqua avec amusement qu'il se rengorgeait d'escorter la plus belle fille de New York.

Lorsqu'il la conduisit devant ses parents pour la révérence finale, Lilith aperçut une lueur d'approbation dans l'œil du comte. La comtesse, en revanche, plissa le front d'un air inquiet.

Soudain retentirent les douze coups de minuit. Le comte Orlock se leva de son trône.

— Mes amis, voici enfin l'heure des Ténèbres! annonça-t-il. Que les festivités commencent! Et cette année, c'est à mon fils et héritier Xander Orlock et à son adorable cavalière, Lilith Todd, que revient l'honneur d'ouvrir le bal!

L'orchestre attaqua les premières mesures de la valse de Strauss *Le Sang viennois* et le jeune couple s'avança vers le centre de la piste sous les applaudissements de l'assistance.

Lilith, persuadée que Xander était un piètre danseur, fut agréablement étonnée par son assurance quand il l'enlaça. Il plaqua fermement sa main gauche au creux de sa taille, et il la serra contre lui alors qu'elle essayait en vain de maintenir un petit écart entre eux. Outrée, elle renversait la tête en arrière pour le rabrouer lorsqu'elle croisa ses yeux gris-bleu et, succombant à leur charme, elle ne trouva plus rien à redire à cette promiscuité.

— On y va? proposa-t-il avec un sourire.

À mesure que le futur comte Orlock l'entraînait autour de la piste dans le sens inverse des aiguilles d'une montre, en la guidant adroitement d'une simple pression sur sa taille, sa colère et ses rêves de vengeance s'évanouirent. Et Lilith sourit, non par obligation, mais de pur ravissement.

Les autres débutantes et leurs cavaliers les rejoignirent et se mirent à tournoyer sur la piste.

Cally, qui valsait dans les bras de Jules, se prit à regretter que ce ne soit pas avec Peter. Même si elle trouvait l'intérêt de Jules et de Lucky flatteur, pour ne pas dire excitant, c'était à Peter qu'allait son cœur. Quel dommage qu'il lui ait fallu tout ce temps pour s'en rendre compte, alors qu'elle n'avait plus aucun espoir de le revoir!

Elle eut subitement l'impression que le monde tourbillonnait autour d'elle à une vitesse vertigineuse. Les visages des spectateurs se fondirent dans un brouillard et, au moment où Jules et elle passaient devant une fenêtre en ogive qui donnait sur les jardins, Cally crut voir un visage familier pressé contre la vitre. Elle sursauta en reconnaissant Peter.

Le cœur battant la chamade, elle se dévissa le cou, se demandant si elle n'avait pas rêvé. Mais Jules l'entraînait trop vite et il y avait trop de danseurs autour d'eux. Quand ils revinrent devant la fenêtre, il n'y avait plus personne.

«J'ai encore rêvé! Qu'est-ce que Peter ferait là? se gronda-t-elle. Ce serait suicidaire de sa part de me suivre jusqu'ici!»

Elle ne devait plus penser à lui. Ni le voir partout. Et si ces fourmillements dans sa main voulaient bien cesser, peut-être pourrait-elle enfin s'amuser…

Dehors, dans les ténèbres de la nuit glaciale, un croissant de lune solitaire perça les lourds nuages venus de l'Atlantique. Il éclaira les toits de King's Stone et une gargouille qui semblait taillée dans le roc. Le monstre leva la tête et, les narines dilatées, huma l'air marin. Dans le lointain, un éclair déchira l'obscurité, suivi d'un roulement de tonnerre.

Talus déploya ses ailes et s'élança vers le ciel, impatiente de rejoindre son maître. La tempête n'allait pas tarder à se déchaîner.

Lexique

Asservi : être humain vivant, contrôlé mentalement par un vampire. Les asservis ne sont pas toujours conscients de leur condition. On en trouve à tous les échelons de la société, des simples serviteurs, nécessaires aux activités journalières, aux politiciens, chefs d'État, hommes d'Église et financiers.

Bûcheur, bûcheuse : quelqu'un d'abominablement travailleur, genre intello ou matheux.

Caillots : terme insultant pour désigner les humains.

Caveau : lieu où l'on retient captifs des donneurs. En argot, le terme désigne les banques de sang privées.

Chasser : traîner dans les endroits mal famés pour s'amuser à saigner ou à terroriser des humains.

Chtonique, ou écriture chtonique : langue écrite rapportée de l'enfer par les Fondateurs de la race vampire.

Demi-frères et demi-sœurs : comme chez les humains, les vampires possédant un parent commun sont demi-frères ou demi-sœurs. Étant donné la forte mortalité infantile et les risques de décès au cours de l'accouchement, il arrive souvent que les vampires aient plusieurs épouses dans leur vie. On rencontre ainsi fréquemment des demi-frères et sœurs qui ont des dizaines d'années d'écart.

Demi-Sang : vampire né d'un mariage mixte entre un Sang-de-Race et un Sang-Neuf.

Dépossédés : nom donné aux vampires qu'on a dépouillés de leur saigneurie. Ils ont le choix entre devenir vassal de l'usurpateur, repartir de zéro en qualité de Sang-Neuf ou devenir enseignant dans une école privée.

Donneur : humain maintenu en captivité auquel on prélève régulièrement du sang selon des méthodes modernes assez proches de la traite des vaches.

Fondateurs : vénérés par leurs descendants à l'égal de demi-dieux, ce sont les treize fondateurs de la race vampire moderne. Il y a vingt mille ans, un sorcier ramena de l'enfer une centaine de démons aux allures de chauves-souris. À sa mort, prisonniers de notre univers, ils se livrèrent des combats fratricides, chacun voulant devenir le maître du monde des mortels. Quand il n'en resta plus que treize, ils conclurent une trêve, s'éparpillèrent autour du globe et engendrèrent la race des vampires.

Griffe de scribe: morceau de bois, ou parfois de pierre, sculpté en forme de griffe, censé représenter les serres de leurs ancêtres, avec lequel les vampires écrivent le chthonique.

Hybride: produit d'une union entre un humain et un vampire. Les vampires se méfient des hybrides, car les chasseurs professionnels de sorciers et de vampires les retournent souvent contre eux, l'exemple le plus révoltant étant l'infâme Pieter Van Helsing.

Jeteur, jeteuse de foudre: Sang-Pur capable de déclencher des éclairs, des tempêtes de neige, des tornades et autres cataclysmes. Alors que tous les vampires possèdent ce pouvoir, rares sont ceux qui parviennent à produire plus que du brouillard ou qu'une petite bruine.

Langue Pure: langage à ultrasons parlé à l'origine par les Fondateurs.

Laquais: vampire de peu de pouvoir qui se lie à un vampire plus puissant dans l'espoir d'être protégé. À l'inverse des dépossédés, les laquais n'ont pas été dépouillés de leur saigneurie, mais choisissent librement de servir un seigneur.

Lié: être lié équivaut à être marié chez les humains. Les couples de vampires sont liés relativement jeunes, bien que leur période optimale de reproduction se situe entre 100 et 350 ans. L'accouchement représente un gros risque pour les femmes vampires ; nombre d'entre elles meurent en couches. Les naissances multiples sont rares et très peu de femmes donnent naissance à plus de deux enfants. Bien sûr, la plupart des hommes vampires se remarient et ont d'autres enfants après le décès de leur épouse. Les mariages des Sang-de-Race sont organisés entre les chefs des familles afin de consolider leur pouvoir.

Morts-vivants: humains tués par la morsure d'un vampire puis ramenés à la vie. Bien qu'ils ne soient plus tout à fait humains, ce ne sont pas non plus des vampires. Contrairement à leurs maîtres, ils ne peuvent pas se métamorphoser ni voler. Et, surtout, ils ne peuvent pas se reproduire en mordant des humains. Cependant, ils sont immortels, bien qu'ils soient immédiatement réduits en cendres s'ils s'exposent à la lumière du soleil. Les morts-vivants sont indispensables à la vie quotidienne des vampires, car ce sont eux qui effectuent les tâches interdites aux Sang-Pur telles que la lessive, les courses, le ménage, le jardinage, les comptes, l'éducation des enfants, etc. Ils sont d'une fidélité absolue à leurs maîtres, car, si le vampire qui les contrôle se fait tuer, ils meurent eux aussi. Les familles de vampires qui ont acquis de nombreux morts-vivants au fil des siècles ont appris à stocker leur excédent, en le plaçant en état d'hibernation jusqu'au jour où ils en ont besoin. Un vampire très riche qui n'a pas beaucoup de serviteurs morts-vivants est inférieur sur le plan social à un pauvre qui en possède beaucoup. Les vampires prennent grand soin de leurs morts-vivants et ceux qui les négligent sont passibles de peines sévères.

Néga : abréviation familière pour désigner du sang de groupe négatif.

Novice : jeune vampire qui n'a pas encore atteint l'âge adulte. En principe, il cesse de l'être entre vingt et un et vingt-cinq ans, quand il devient capable de créer un mort-vivant.

Planter (se faire) : se faire tuer par des chasseurs de vampires, en argot.

Posi : abréviation familière pour désigner du sang de groupe positif.

Promis : dans la bonne société vampire, être promis équivaut à être fiancé. Les enfants vampires sont promis les uns aux autres par leurs aînés, qui établissent en général un contrat d'union précisant le nombre d'enfants des deux familles qui devront se marier entre eux. Cependant, les familles de Sang-Neuf brisent souvent cette tradition pour laisser leurs enfants faire ce qu'on appelle des mariages d'amour.

Rouge : sang, en argot.

Saigner : boire le sang à même la veine, en argot.

Saigneurie : pouvoir absolu sur les morts-vivants créés par une lignée. À l'approche de la mort, le chef d'une famille de vampires transmet ce pouvoir à une personne de son choix. Pour entrer dans son héritage, celle-ci doit vider le patriarche ou la matriarche de son sang juste avant qu'il ou elle expire, réduisant ainsi son corps en cendres. Certaines saigneuries remontent aux Sumériens. C'est ainsi qu'un vampire à peine âgé d'une centaine d'années (voire plus jeune) peut se retrouver à la tête de légions de morts-vivants. Le légataire hérite également de tous les humains qui se trouvaient sous le contrôle mental du testateur. Cependant, à la suite d'un combat singulier entre vampires, le perdant se voit dépossédé de ce pouvoir. La saigneurie permet également d'accroître d'autres pouvoirs.

Sang-Déchu : vampires jugés inférieurs et/ou incapables d'assumer la saigneurie de leur famille. Quand il y a plusieurs enfants, le chef de famille doit choisir le plus à même de lui succéder. Sont estimées en priorité l'agressivité, la force physique et la résistance, avant les divers pouvoirs surnaturels. Le descendant jugé le plus fort, et donc le plus apte à défendre la saigneurie contre les usurpateurs, est désigné comme héritier et les autres sont relégués au rang de Sang-Déchu. Les frères et sœurs Sang-Déchu doivent toujours soutenir l'héritier choisi. Il leur est interdit de se marier et de se reproduire (du moins avec un autre vampire). Et, au moment de mourir, ils doivent remettre leur saigneurie ainsi que tous les morts-vivants et les biens qu'ils ont pu accumuler au fil des siècles à ce frère plus fort ou à ses héritiers. Cet usage ne s'applique pas dans le cas où l'héritier désigné disparaît sans avoir eu le temps de transmettre sa saigneurie ou lorsque les familles souhaitent sceller des liens en mariant un ou une de leurs Sang-Déchu à l'héritier ou l'héritière d'une autre famille.

Sang-de-navet : surnom donné aux Sang-Neuf par les Sang-de-Race.

Sang-de-Race : vampires de longue lignée qui ont su conserver leurs saigneuries, dont certaines remontent aux premiers démons. Les Sang-de-Race commandent d'immenses légions de serviteurs morts-vivants et possèdent des pouvoirs multiples. Ils peuvent ainsi jeter la foudre, charmer les animaux, se métamorphoser, contrôler les esprits, jeter des sorts et confectionner des potions magiques.

Sang-Neuf : descendants des vampires dépossédés de leurs saigneuries et qui ont choisi de repartir de zéro. Bien que leurs pouvoirs soient affaiblis, les Sang-Neuf ne sont pas forcément pauvres, il y en a même d'extrêmement riches. Contrairement aux Sang-de-Race, il leur manque le pouvoir que confèrent une saigneurie et un patrimoine remontant à plusieurs millénaires.

Sang-Pur : terme employé par les vampires pour se distinguer des morts-vivants. Il désigne tous ceux qui sont nés de parents vampires, Sang-Neuf ou Sang-de-Race. Bien qu'immunisés contre toutes les maladies des humains et capables de se régénérer à partir d'une simple tête ou d'un cœur, les Sang-Pur ne sont pas immortels. Ils peuvent vivre jusqu'à huit cents ans s'ils échappent aux tueurs de vampires ou, plus fréquemment, à un vampire rival. Leurs vingt-cinq premières années sont identiques à celles des humains, mais, quand ils atteignent l'âge adulte, ils vieillissent dix fois moins vite qu'eux. Ce passage à l'âge adulte se traduit par l'impossibilité d'être photographié, puis de se refléter dans un miroir, et par le pouvoir de créer des morts-vivants par morsure. La mortalité infantile est encore très élevée chez les vampires et chaque grossesse représente un énorme risque pour la mère. Hélas, malgré les progrès de la médecine, ces problèmes ne semblent pas près d'être résolus.

Sang-rassis : surnom donné par les Sang-Neuf aux Sang-de-Race.

Sang vicié : sang venant d'un humain alcoolique ou drogué.

Scribothèque : bunker souterrain à mi-chemin entre la bibliothèque et la salle d'archives où sont conservés à l'abri des humains tous les documents officiels, les journaux, les généalogies et autres écrits de la race vampire. Désigne également la pièce où les scribes recopient à la main les documents importants.

Stock privé : sang confectionné sur commande selon les goûts d'un client particulier.

Strega : société criminelle surnaturelle dont les origines remontent à la Rome et à la Grèce antiques. Bien que fondée et dirigée par des vampires, la Strega emploie des sorciers, des loups-garous et autres créatures surnaturelles. On prétend que la Strega vend ses services à tous ceux qui sont prêts à en payer le prix, même s'ils sont humains.

Synode : assemblée législative qui veille sur les lois et les rituels des vampires de naissance. Le Synode est présidé par le Lord-Chancelier, qui tranche en dernier recours les conflits entre les familles. C'est également au Lord-Chancelier que revient la tâche de châtier ceux qui enfreignent les lois. Les transgressions les plus graves sont celles qui mettent l'existence de la race en péril, que ce soit volontairement, accidentellement ou par négligence.

Tari : donneur qui ne fournit plus assez de sang.

Totem : forme animale que prend un vampire quand il ou elle se métamorphose. Même si le loup est la forme la plus répandue, ce n'est pas la seule. Selon leurs origines, certains vampires se transforment en félins – panthère, lion, tigre – ou en serpents – python, cobra, anaconda.

Totentanz : l'équivalent de nos funérailles chez les vampires quoique, en pratique, cela ressemble beaucoup à une veillée mortuaire irlandaise. Au décès d'un vampire, sa famille et ses amis se réunissent pour une grande célébration rituelle où ils festoient, dansent et font la fête pour défier la mort. Le deuil et les pleurs sont interdits. Plus longue est la fête, plus l'hommage rendu au défunt est grand. Autrefois, les totentanz duraient des semaines, voire des mois.

Usurpateur : vampire qui s'empare par la force d'une saigneurie. Bien que certains usurpateurs soient parfois issus de la même famille que leur victime – un jeune frère ou un cousin –, le plus souvent ils n'ont aucun lien avec elle. **Usurper** la saigneurie d'un autre vampire arrive au cours de combats singuliers entre rivaux, lorsque le vainqueur boit le sang du vaincu ou lui arrache le cœur pour le dévorer.

Van Helsing : terme argotique désignant les chasseurs de vampires et en particulier ceux qui travaillent pour l'Institut Van Helsing (IVH).

Vassal : vampire qui s'est fait déposséder de sa saigneurie et qui jure fidélité à son usurpateur ou usurpatrice en échange de sa protection et de l'autorisation de se remarier plus tard dans la lignée qui lui a été volée.

Vendetta : lutte sanglante entre deux individus ou des familles entières. Les vendettas sont souvent le fait de rivaux envieux, de vampires dépossédés cherchant à reconquérir leur saigneurie, d'amoureux éconduits ou d'amis trompés.

Zone de non-représailles : zone où les vendettas sont interdites – les établissements scolaires, par exemple. Les différentes écoles dans lesquelles les vampires envoient leur progéniture sont protégées. Les élèves aussi. On ne peut pas les traquer et ils sont tenus à l'écart des vieilles rivalités entre familles. Mais, dès qu'ils ont terminé leurs études, ou s'ils les abandonnent, ils perdent cette immunité. L'attaque d'enfants scolarisés par des vampires adultes est sévèrement réprimée par le Synode, l'assemblée législative des vampires.

Retrouvez le tome 3 de la série

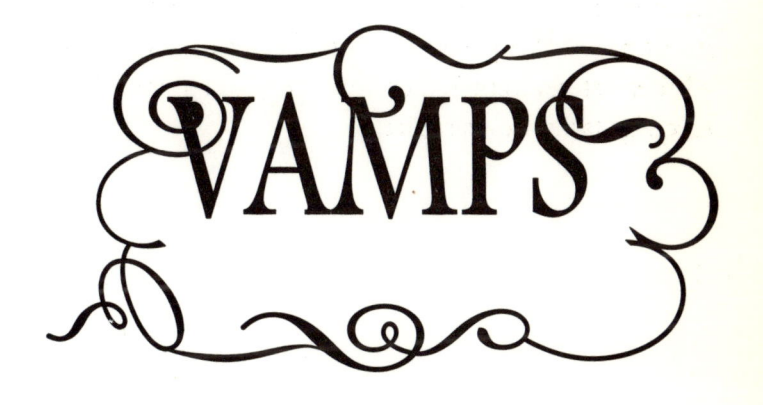

VAMPS

à paraître en septembre 2011

Dans la même collection

VAMPS

1. *Sœurs de sang*
2. *Nuit blanche*
3. À paraître en septembre 2011

Cet ouvrage a été imprimé en France par

CPI
BUSSIÈRE

à Saint-Amand-Montrond (Cher)
en avril 2011

Cet ouvrage a été composé par
PCA - 44400 REZÉ

POCKET jeunesse

12, avenue d'Italie
75627 PARIS Cedex 13

— N° d'imp. 110853/1. —
Dépôt légal : avril 2011.